„*Im Kino gewesen.*
Geweint.“

FRANZ KAFKA

Die Geschichte orientiert sich an biografischen
und historischen Daten.
Die Handlung, die diese Daten verknüpft,
ist zwar erfunden, aber vielleicht
nahe an der Wirklichkeit.

Für Wolfgang und Carlo

ROBERT PETERS

WAS FÜR EIN THEATER

EINE GESCHICHTE DER Gocher LICHTSPIELE

tredition

tredition

© 2024 Robert Peters
Gestaltung: Finken&Bumiller, Stuttgart
Coverfoto: Joachim Lück, Golifreunde
Verlagslabel: Robert Peters

Druck und Distribution
im Auftrag des Autors:
tredition GmbH, Heinz-Beusen-Stieg 5,
22926 Ahrensburg, Germany

1

HAMBURG

Otto Skoetsch will nach Amerika. Er hat genug von Essen und der Enge der Bergarbeitersiedlung. Zunächst landet er allerdings in Hamburg in einer Halle mit vielen Betten und vielen anderen Auswanderern. Im Zwischendeck einer großen Fähre erlebt er, dass eine Seefahrt manchmal alles andere als lustig ist. Zum seinem Glück hat er Freunde gefunden. Das erleichtert die Überfahrt, und es hält den Traum am Leben.

Das Letzte, was Otto Skoetsch an diesem trüben späten Septembertag von Deutschland sah, war die Insel Helgoland. Im Dunst über dem schiefergrauen Meer war schemenhaft der große Leuchtturm zu erkennen und blassrot schimmernde Felsen. Er erinnerte sich dunkel an weit zurückliegende Schulstunden, in denen die Insel ein Thema im Erdkunde-Unterricht gewesen war.

Die Briten hatten sie vor 13 Jahren ans Deutsche Reich übergeben, das wusste er noch, dafür hatte Deutschland großherzig auf irgendwelche Kolonien verzichtet. Das wusste er aber nicht mehr so genau. Es war ihm auch nicht wichtig.

Als Helgoland hinter den auf- und absteigenden Bergen aus Salzwasser endgültig in der Nordsee versank, klopfte ein Gefühl der Freiheit durch Ottos Adern, eine fröhliche Erregung, die er zum letzten Mal gespürt hatte, als er beschloss auszuwandern.

An den Moment dachte er jetzt wieder. Er hatte in der Werkstatt gestanden und Bretter gehobelt. Eine langweilige Arbeit, bei der man dennoch aufpassen musste, dass der Hobel nicht in einem Astloch hängenblieb. Das fuhr einem in den Arm, gab fiese Unebenheiten auf dem Holz und beschädigte manchmal die Klinge – alles nicht erstrebenswert und immer ein Anlass für eine lautstarke Ansprache des Meisters.

Es roch nach den frischen Spänen, die vom Brett flogen, durch das Fenster schien die Sonne, in ihren Strahlen tanzten Teilchen aus Holz und Staub ein flirrendes Ballett. Es sah ein bisschen so aus, wie er sich den sprühenden Sternennebel an der Spitze eines Zauberstabs vorgestellt hatte, als er ein Kind war und mit Begeisterung Bilderbücher ansah.

Er war nun aber kein Kind mehr. Er war Geselle, 22 Jahre alt und groß genug für andere Träume. In den tanzenden Teilchen sah er sein gelobtes Land flimmern, er sah Amerika wie auf den Bildern der Zeitschriften und der Reklametafeln, riesige Hochhäuser, weites Land, große Städte. Und er sah vor allem: Dollarscheine, viele Dollarscheine und ein neues Leben.

Vom alten hatte er jetzt schon genug, von der Zechensiedlung, in der er mit den Eltern unter einem Dach lebte, von der Werkstatt am Tag, von den langweiligen Abenden und den Sonntagen mit Kirchgang und den Vorträgen des Vaters. „Du weißt doch gar nicht, wie gut du es hast." Ja, ja.

Seinem Meister hatte er schon mal von seinen Träumen erzählt. „Du hasse nich mehr alle", sagte der nur, „wat willste denn in Amerika? Da ham se gerade auf dich gewartet. Dat is doch Spinnerei. Bleib mal lieber inne Werkstatt, da weiße, watte has'."

Bei seinem Vater konnte er damit schon gar nicht landen. Er hielt nichts von Träumen, und Amerika wollte er sich nicht mal vorstellen – mit all dem Wasser dazwischen, den fremden Menschen und der anderen Sprache. Er selbst war mit 30 Jahren aus einem kleinen Ort in Masuren nach Essen gekommen.

Er arbeitete als Bergmann unter Tage – ein gefährlicher, aber einträglicher Beruf, jedenfalls viel einträglicher als die Schufterei auf dem Bauernhof in der alten Heimat, wo er als Knecht wenig mehr als sein täglich Brot hatte. Und er hatte immer gehofft, dass Otto ihm zur Zeche folgen würde. Die Schreinerlehre hatte der Sohn auch auf Zollverein im Ortsteil Schoppenberg gemacht.

Zum Glück musste er nur selten für Reparaturen einfahren und blieb meistens über Tage. Aber er fürchtete die Fahrten mit dem Förderkorb in die heiße Tiefe so sehr, dass er vor dem Einsteigen regelrechte Panikattacken bekam.

Kilometer von Stein zwischen sich und der Welt da oben ließen sein Herz klopfen, die dünne, staubige Luft ließ seine Lungen pfeifen. Die Rückreise aus der Tiefe war jedesmal seine persönliche Himmelfahrt ins Licht. Mit jeder Rückkehr aus dem schwarzen Loch wurde der Gedanke an die nächste Einfahrt unerträglicher. Otto hielt es nicht lange aus, er ging zu einem Möbelschreiner.

Das konnte sein Vater gerade noch ertragen. Auswanderungspläne nicht. „Du hast doch hier dein Auskommen, und du sprichst ja nicht mal amerikanisch“, sagte er.

„Du hast doch in Polen oder Russland, oder wo das ist, dein Auskommen gehabt und bist trotzdem ausgewandert. Außerdem sprechen die englisch.“

„Das war Ostpreußen, und es ist deutsch. Und eine neue Sprache musste ich auch nicht lernen.“

„Hättest du mal besser getan, dein Deutsch versteht ja keiner. Statt Ostpreußen sagst du Ostpreißen.“

„Unverschämter Bengel!“

So ging das viele Wochen.

Otto hielt nicht viel vom Leben seines Vaters, von der Siedlung neben der Zeche, den kleinen, schmalen Häuschen, die von der Zeche vermietet wurden, den Gärten mit den Ställen, in denen Hühner und manchmal die Bergmanns-Kuh, eine Ziege, gehalten wurden. Seine Eltern hatten nur Hühner, und sie bauten ihr eigenes Gemüse an – Kohlrabi, Spinat, Zwiebeln, Kohl. Das war ihm alles viel zu bäuerlich, zu dreckig, zu klein.

Er hielt allerdings viel von Widerworten, und er ließ sich ungern etwas sagen, vor allem von seinem Vater nicht, dessen Stirn im Streit vor Wut glühte und dessen Schläfenadern hervortraten wie dicke Wülste am Kopf. Wenn er ihn so weit hatte, war Otto zufrieden. Es verschaffte ihm eine regelrechte Genugtuung.

Die Mutter verschwand bei solchen Auseinandersetzungen hinter einem unsichtbaren Vorhang, der die Gegend um den Kohleherd vom Küchentisch trennte. Sie machte sich ganz klein, knetete im Kummer nur stumm die Hände und schaute verzweifelt auf das Bild von Jesus an der Wand mit dem großen, roten, von einem Strahlenkranz umgebenen Herz. „Jesus“, sagte sie leise, „Jesus und Maria.“ Es hörte sich an wie „Jesses und Mária.“

Das half aber auch nicht weiter. Otto reckte die dünne, spitze Nase ein bisschen höher. „Ihr könnt machen, was ihr wollt, ich habe Geld gespart, und ich fahre.“ Sein Vater knurrte leise vor sich hin, über seinem Kopf schienen kleine Wolken des Zorns zu dampfen. So recht glauben wollte er es nicht. Aber er würde schon sehen.

Vor einem halben Jahr war das gewesen.

Otto hatte ernst gemacht. Vom Meister ließ er sich den restlichen Lohn auszahlen, packte ein paar Sachen zusammen und sein Werkzeug. In die Kiste kamen der Hobel, zwei Bleistifte, der Zollstock, ein Winkelmaß, die Schmiege mit den verstellbaren Winkeln, ein Stechbeitel, der Handbohrer und eine Handsäge. In den Koffer aus dicker Pappe legte er seinen Arbeitsanzug, Wäsche, ein Paar Arbeitsschuhe, Waschzeug und zwei Hemden. Er zog seinen einzigen Anzug an, setzte den Hut auf und fuhr mit der Eisenbahn nach Hamburg.

Es schien ganz leicht.

Hinter Dortmund allerdings, wo das westfälische Land so weit wurde und die Industrieanlagen verschwanden, als hätte sie eine große Hand einfach wegradiert, wurde ihm ein wenig komisch zumute, und der trotzige Mut schwand ihm ein bisschen. Würde das alles gut gehen?

Er fühlte sich nicht mehr ganz so stark wie einige Stunden zuvor, als er die weinende Mutter umarmt und sich wortlos mit einem kräftigen Händedruck von seinem Vater verabschiedet hatte. Er kam sich ziemlich klein vor in dem rumpelnden Abteil der dritten Klasse.

Aber das ging vorbei. Irgendwann lehnte er den Kopf ans Fenster und nickte leise im Takt der Eisenbahn ein. Padamm, padamm, padamm.

Hamburg war groß, der Hafen riesig. Doch Otto ließ sich nicht einschüchtern, nicht mehr. Dieses Gefühl hatte er in der Eisenbahn niedergerungen. Es schien, als sei er irgendwo hinter Dortmund zum Mann geworden, ein zwar schmächtiges, aber sehniges und entschlossenes Kerlchen.

Er hatte die Adresse der Reederei Hapag, und er fand den Weg vorbei an Lastkarren und Hafenschuppen, an Menschen mit Schiebermützen und fremdartigen Gesichtern, an Matrosen und Marktfrauen, Scheuermännern, Arbeitern und solchen, die Auswanderer werden wollten wie er.

Otto hatte sich vorgestellt, an einen Schalter zu treten wie im Essener Hauptbahnhof, eine Fahrkarte zu kaufen und nach ein paar Stunden oder am nächsten Tag in See zu stechen.

Das war sehr optimistisch, zu optimistisch, wie sich zeigen sollte. Es gab zwar einen Schalter, und er konnte auch eine Passage wählen. Er kaufte ein Ticket zu 150 Mark für die Überfahrt III. Klasse, ein bedeutender Teil seiner Ersparnisse, soviel verdiente ein einfacher Arbeiter im Jahr. Aber sein Schiff ging erst in drei Wochen.

Skoetsch schluckte. Der Mann am Schalter, ein dicker Kerl mit rotem Gesicht, war solche Reaktionen offenbar gewohnt, und er wusste auch einen Rat: „Unsere Reederei hat die Auswandererhallen auf der Elbinsel Veddel bauen lassen. Da können Sie für zwei Mark am Tag ein Bett und drei Mahlzeiten bekommen." Er sagte: „am Tach." So sprach man hier.

Was blieb Otto schon übrig? Er wollte ja nicht nach drei Tagen reumütig wieder zu Hause auf der Schwelle stehen wie ein Verlierer. Deshalb zahlte er 42 Mark im Voraus, bekam ein zweites Ticket und die Wegbeschreibung.

Die Hallen waren nicht so schlimm, wie er zunächst gedacht hatte. Es gab natürlich keine einzelnen Zimmer, sondern nur Schlafsäle, selbstverständlich nach Geschlechtern getrennt. Die Decken waren allerdings hoch, und die Räume waren gut belüftet.

Es roch jedenfalls deutlich besser als in dem Ledigenheim, in dem Ottos Essener Mitgeselle Roland hausen musste, zwischen ungewaschenen Männern, stinkenden Socken und Tabakqualm, dass einem die Augen tränten. Otto hatte sich da nie sehr lange aufgehalten, es war für seine lange, spitze, empfindliche Nase eine einzige Zumutung.

In Hamburg sendete sein Riechorgan keine Gründe zur Klage. Und das Essen war nicht übel, morgens und abends meistens Brot mit Dauerwurst oder Hering, zu Mittag eine Suppe oder Eintopf. Es reichte. Wenn es mal zu eintönig schien, tröstete sich Otto mit seinen Fantasiebildern von Amerika, die er mühelos beschwören konnte wie in einer inneren Ausstellung, die er bei Bedarf besuchte.

Er sah dann die Freiheitsstatue, das Meer, die Prärie und eine riesige Stadt, er sah Weite für die Augen und für den Geist. Es war ihm dann, als habe er die Fesseln der engen Zechensiedlung bereits abgelegt. Ein gutes Gefühl.

Einen kleinen Vorgeschmack auf die Einbürgerungsformalitäten bekam er schon mal in Hamburg. Bevor er nämlich sein Bett beziehen durfte, musste er sich wie jeder andere künftige Auswanderer einer strengen Hygiene-Kontrolle unterziehen. Und geduscht wurde auch. Vor Jahren habe es einen Seuchenausbruch gegeben, wurde ihm erklärt. Die Dusche kostete nichts. Das fand Otto gut.

In den Hallen gab es nur normale Waschräume ohne Dusche, und das Wasser war kalt. Kein Grund zu murren, urteilte Otto, das war daheim auch nicht besser. Geduscht wurde dort nur in der Waschkaue auf Zeche, ein richtiges Badezimmer hatte niemand, und die Aborte waren kleine Holzhäuschen im Garten, in deren Türen ein Herz gesägt war – ob zur besseren Belüftung oder aus romantischen Gründen, wusste er nicht. Wahrscheinlich zur besseren Belüftung, sehr romantisch war das Häuschen nicht. Auf dem großen Gelände auf der Elbinsel konnten wohl 5000 Menschen untergebracht werden, erzählte der Nachbar im Bett zu Ottos rechter Hand (wenn er auf dem Rücken lag, rechter Hand). Er zeigte ihm auch das kleine Geschäft, in dem man Bier, Brot und Süßigkeiten kaufen konnte. Was man so braucht zum Überleben.

Und er führte Otto in den Gemeinschaftssaal, wo sich die in der Nacht getrennten Eheleute oder Familien trafen und in dem manchmal eine Musikkapelle aufspielte. Dann war es ein kleines Volksfest. Es war wirklich auszuhalten.

Ottos Bettnachbar hieß Heinrich Verhoeven („Du kannst aber Heinz zu mir sagen“), war Bauer, und er kam aus einem Dorf an der holländischen Grenze, Pfalzdorf hieß es. Davon hatte Otto noch nie etwas gehört.

„Ich mache jetzt, was meine Vorfahren schon machen wollten“, erklärte Heinz und strich sich durch das pechschwarze Haar, das ihm bis auf den Kragen seines blauen Hemdes fiel und die gleiche Farbe wie sein kleiner Schnurrbart hatte. Der Schnurrbart war an den Seiten ein wenig nach oben gezwirbelt. Er sollte wohl mal so aussehen wie der vom Kaiser, das wollten viele. Aber bis dahin war noch ein Weilchen Pflege nötig.

„Ich gehe wirklich nach Amerika. Meine Leute wollten schon vor mehr als 150 Jahren da hin.“

„Warum denn?“

„Sie stammten aus der Pfalz und waren leider evangelisch. Sie konnten ihre Religion in der Heimat nicht ausüben, weil es der Landesherr nicht wollte. Und sie waren arm. Deshalb wollten sie von Rotterdam nach Amerika segeln. Alles war wohl besser als die Pfalz.“

„Und das hat nicht geklappt?“

„Sie waren schon den ganzen Weg bis zur Grenze gekommen, da verboten die Holländer in Schenkenschanz, das ist bei Kleve, die Durchreise nach Rotterdam.“

„Dann sind sie umgekehrt?“

„Man kann eher sagen: Sie sind geblieben. Auf ihre Bitte hin hat König Friedrich II. selbst eine Ansiedlung in der Gocher Heide erlaubt.“

„Ist es da denn so schlimm, dass du dich davongemacht hast?“

„Schlimm ist das falsche Wort. Aber wir sind da immer unter uns, weil die umliegenden Ortschaften alle katholisch sind, und die Leute nichts mit uns zu tun haben wollen – wir übrigens auch nicht mit ihnen. Mit der Zeit kennt man wirklich jeden im eigenen Dorf. Und da hat einmal abends einer in der Schule einen Vortrag über Amerika gehalten. Da muss ich hin, hab ich gedacht. Meine Eltern waren nicht begeistert, aber sie haben die Überfahrt gezahlt."

„So weit wäre es bei meinen nicht gekommen", sagte Otto, „ich musste selbst bezahlen. Aber ich glaube auch, dass es in Amerika etwas Besseres gibt als Schreinerei oder Schuften im Bergbau."

„Oder Äcker pflügen mit dem Pferd."

„Oder Äcker pflügen mit dem Pferd, ja."

Otto fand Heinz sympathisch, er mochte auf Anhieb dessen dunkle Augen, in denen neben viel Gutmütigkeit immer ein bisschen Abenteuerlust schimmerte. Und er glaubte, mit einem sicher 1,80 Meter großen Freund, dessen eindrucksvolle Muskelberge nicht zu übersehen waren, würde die große Reise bestimmt deutlich angenehmer und weniger gefährlich sein.

Skoetsch war vergleichsweise zierlich, und in seinem blassen, schmalen Gesicht wohnte weniger Abenteuerlust als Schläue. Sie passten also gut zusammen.

Im Bett auf der anderen Seite hatte sich ein wortkarger Kerl mit einem kantigen Gesicht und untersetzter Statur eingerichtet. Mit der Zeit taute aber auch er ein bisschen auf. Er hieß Fritz Kowalski, „eigentlich Friedrich, aber alle sagen Fritz", war wie Heinz und Otto Anfang 20, und er hatte im Essener Pütt als Bergmann gearbeitet. Allerdings nicht wie Ottos Vater auf Zollverein, sondern auf Helene und Amalie in Altenessen.

„Ich hatte die Schnauze voll vom Staub und der Hitze und der Dunkelheit", sagte Fritz. Dafür hatte Otto großes Verständnis. So waren sie also bereits zu dritt in dem großen Wartesaal, und sie hatten alle eine Fahrkarte für die Hapag-Fahrt nach New York. Im Unterschied zu den feineren Herrschaften mit Passagen in der ersten und zweiten Klasse, die mit der Bahn nach Cuxhaven reisten und dort am neuen Landesteg der Reederei das große Schiff bestiegen, mussten Otto, Fritz und Heinz mit einem Tenderschiff die Elbe durchfahren, weil die dicken Pötte zu viel Tiefgang hatten, um nach Hamburg zu kommen.

An Bord des Tenderschiffs gewöhnten sie sich nach drei Wochen Warten in den Hamburger Hallen an den Seegang. Und in Cuxhaven staunten sie beim Umsteigen über die Größe des Fährschiffs. 2500 Passagiere fanden Platz in den Schiffen der Hamburg-Amerika-Linie.

Nicht alle hatten es freilich so gemütlich wie die fast 400 Gäste der ersten Klasse, denen jeder erdenkliche Luxus geboten wurde. Im Zwischendeck, wo Otto, Heinz und Fritz nun neun Tage verbringen mussten, war es eng, stickig und feucht. Und es stank erbärmlich.

An die Luft ging es nur zu festgelegten Stunden. Wenn es stürmisch wurde, blieb auch der „Freigang" aus. Dafür roch man im Zwischendeck die Eimer für die Notdurft, die in den Ecken standen, und die Folgen der Seekrankheit, die viele ereilte, das Trio der jungen Auswanderer aus Essen und Pfalzdorf zum Glück nicht.

Es war vermutlich aus einer besonderen Laune des Schicksals ebenso wetterfest wie die Seeleute, die selbst bei heftigem Wellengang nicht aus der Ruhe kamen. Den großen Schiffen machte auch widriges Wetter nicht so viel aus, die Seeleute kannten da ganz andere Pötte, auf denen man im Sturm herumflog wie Spielzeug, wenn man sich nicht irgendwo festhalten konnte.

Das „Atlantische Tageblatt" schrieb dagegen über eine Sturmfahrt in einer Fähre der Hamburg-Amerika-Linie: „Das Schiff liegt auf dem Wasser wie ein Schwan, der mit Grazie die Wellenberge teilt."

So poetisch konnte Otto das nicht sehen, schließlich erlebte er nur unter Deck mit, wie der Schwan im Sturm die Wellenberge teilte. Im niedrigen Saal der billigen Passagiere aus Polen, Slowenien, Österreich, Deutschland, Italien und Frankreich schüttelte der Sturm die Belegschaft ordentlich durch, und die vielen Sprachen, in denen darüber je nach Temperament laut oder wimmernd geklagt wurde, gaben einen Vorgeschmack auf die neue Welt, in die alle wollten und deren Verheißung sie tapfer durchhalten ließ, auch wenn es im Bauch des Schiffs rumpelte, ächzte und krachte wie in einer riesigen Fabrik. In einer riesigen, stinkenden Fabrik.

2

NEW YORK

Die große Stadt ist ein großer Schock. Wer die Dächer der Häuser sehen will, bekommt Nackenschmerzen. Aber es gibt Arbeit. Und Geld. Und ein Bett. Und einen kostenlosen Englischkurs mit irischen Einschlägen.

Kein Sturm ist für immer. Das war eine schöne Erkenntnis. Und deshalb erlebten Otto, Fritz und Heinz die Einfahrt ins gelobte Land während der Deckstunde an der frischen Luft. Sie atmeten tief durch und pumpten ihre Lungen voll mit dieser Frische und ihre Herzen voll mit Zuversicht. Es war ein starkes „Alles wird gut"-Gefühl.

Es ging vorbei an Sandy Hook, der Nordspitze der Vereinigten Staaten, durch „The Narrow" in den Hafen von New York. Die Auswanderer fühlten sich nun bereits wie Einwanderer, angekommen in ihrem Traumland, dessen Luft schon jetzt nach Salz schmeckte und nach Freiheit, vor allem nach Freiheit.

Der Hamburger Hafen, der betriebsam und groß war, gemessen an allem, was die Drei aus Essen und Pfalzdorf bis dahin in ihrem Leben gesehen hatten, wirkte wie eine Puppenstube gegen das Treiben auf dem Wasser, das sie nun erlebten.

Seedampfer, Flussdampfer, Fähren und Barkassen drängten sich auf der Fahrt in den Hudson. Lagerschuppen glitten am Ufer vorbei. Es war fast zu viel für Augen und Ohren nach neun Tagen im stickigen Zwischendeck in seiner dunklen Ödnis.

Alles war größer, voller, lebendiger, und in den Ohren dröhnten die Schiffssirenen und die Motorengeräusche. Musik war das für Otto, die Musik der freien Welt, die zu Tönen gewordene Verheißung. Er bekam Gänsehaut am ganzen Körper.

In Hobroken wurde das Schiff vertäut, eine Schar von Ärzten, Einwanderungskommissaren, Passinspektoren und Zollbeamten mit hohen Hüten und amtlichen Mienen bestieg den Dampfer. Diese wichtigen Menschen erledigten die Einreiseformalitäten für die wohlhabenden Passagiere, die ohne lange Wartezeit ebenso umstandslos von Bord gingen und US-amerikanischen Boden betraten, wie sie aus der schmucken Anlegehalle in Cuxhaven aufs Schiff gelangt waren und Deutschland verlassen hatten.

Otto fragte sich, was derart vom Schicksal bevorzugte Menschen in Amerika wollten, sie hatten doch alles.

Für die ärmere Bevölkerung und damit auch für Otto, Heinz und Fritz ging es weiter zur Quarantäne-Station auf Ellis Island, eine Insel mitten im Fluss. Es dauerte einen quälend langen Tag, ehe die Männer den ersehnten Stempel bekamen; Zollbeamte hatten sie befragt, Ärzte hatten sie abgehorcht, ihnen wurde in den Hals geschaut, dass Heinz sich schon vorkam wie eine Kuh auf dem heimischen Hof; sie mussten ihre Unterschriften unter zahlreiche Dokumente setzen, von deren Inhalt sie beim besten Willen nicht mehr als ein Bruchteil begriffen.

Selbstverständlich unterschrieben sie trotzdem alles. Und ihnen fielen beim Warten zwischen den einzelnen Stationen vor Müdigkeit beinahe die Augen zu. Aber sie hielten durch, natürlich hielten sie durch.

Und dann durften sie an Land. Es war der Schock der neuen Welt. Überall Automobile, Pferdefuhrwerke, Straßenbahnen, die ebenfalls von Pferden gezogen wurden, Menschen, die aneinander vorbeihasteten, jeder schien enorm viel zu tun zu haben. Und jeder war in außerordentlicher Eile.

Es war laut, Autos hupten, Sägen kreischten irgendwo, ein großes Brett fiel krachend zu Boden, dass sie vor Schreck zusammenfuhren. Und über diesem ganzen Getriebe diese riesigen Häuser, Wolkenkratzer nannte man die, sie wuchsen tatsächlich so hoch wie die Träume derer, die sie jetzt ungläubig anstarrten und beim angestrengten Blick in die Höhe zum Ende dieser Türme einen steifen Nacken bekamen.

Doch wohin nur? Ein bisschen verloren standen sie da mit ihren abgetragenen, von der Reise zerknitterten Anzügen, mit den Pappkoffern in den schwieligen Händen und unsicher blickenden Augenpaaren unter der Krempe der schwarzen Hüte. Sie fielen schon dadurch auf, dass sie nicht herumrannten wie die anderen großen Ameisen in diesem riesigen Nest. Sie hatten ja nur ein Ziel: anzukommen. Und das waren sie schließlich.

Es dauerte allerdings nicht lange, da wurden sie schon angesprochen. „Deutsch?", fragte einer mit einem runden Gesicht voller kleiner roter Adern, der sich den Hut in den Nacken geschoben hatte und der ein Klemmbrett in der linken Hand hielt, was ihn sehr wichtig aussehen ließ. Und als sie vorsichtig nickten, schüttelte er erfreut die Hände: „Herzlich willkommen, Landsleute, ich bin der Karl Feininger aus München. Ihr sucht sicher Arbeit, was könnt ihr denn?"

„Ich bin Schreiner", sagte Otto.

„Ich bin Bergmann", sagte Fritz.

„Ich bin Bauer", sagte Heinz.

„Da hab ich für euch das Richtige. Ihr habt die Hochhäuser ja gesehen. Es werden ständig neue gebaut, und Manhattan wächst in die Höhe, an Breite fehlt es ja, da geht es ja auf beiden Seiten nur ins Wasser. Hahaha."

Sie lachten gerne mit.

„Wenn ihr euch gut anstellt, könnt ihr 40, 50 Dollar die Woche verdienen."

Otto, Fritz und Heinz waren sprachlos, das war mindestens zehnmal so viel, wie sie in Deutschland verdient hatten.

„Und ich weiß schon, ihr wollt sicher wissen, wo ihr wohnen könnt. Auch das ist kein Problem, wir haben eigene Wohnheime, ein Bett, Frühstück und Abendessen gibt's für 50 Cent am Tag."

Otto rechnete schnell im Kopf. Das würde bedeuten: 15 Dollar wären zwar im Monat weg, aber es blieben immer noch mindestens 145 – ein kleines Vermögen für einen armen Schreiner aus Essen. „Wo muss ich unterschreiben?", fragte er.

„Gleich hier drüben", antwortete Feininger und machte eine einladende Geste zu einem Holzschuppen, „das ist unser Büro."

Die drei Männer sahen keinen Grund für einen Einwand, jeder hatte wie Otto das Angebot bei sich kurz und froh erstaunt überschlagen, und sie trotteten hinter dem Werber in die Hütte. Ob er alle Einwanderer auf den Bau locken würde, fragte sich Otto. Was wäre gewesen, wenn einer Metzger und der andere Frisör gewesen wäre?

In der Hütte stand ein Schreibtisch vor ein paar Regalen, am Schreibtisch saß ein vierschrötiger Mann mit einem kantigen, fleckigen Gesicht und einem Augenschirm auf der Stirn. Seine Augen waren nicht zu sehen, und er schaute ohnehin auf die Unterlagen auf dem Tisch. Bei ihm unterschrieben sie Arbeits- und Mietverträge, jeder bekam einen eigenen Durchschlag.

Es schien also alles in bester Ordnung. Zahltag für Lohn und Miete sei jeden Freitag, sagte Feininger, und er hatte sich schon fast von den drei Deutschen abgewandt. Der Mann mit dem Augenschirm sagte nichts. Wahrscheinlich verstand er auch kein Deutsch.

Feininger verabschiedete sich und eilte zum Kai zurück, er hatte seinen Job gemacht. „Wie viel er wohl dafür bekommt?", dachte Otto, „einen Stundenlohn oder eine Prämie für jeden Arbeiter? Ist er vielleicht ein freier Unternehmer?"

Ein Laufbursche namens Jim, 15 oder 16 Jahre alt, mit Sommersprossen auf der Nase und dünn wie der Suppenkasper in Ottos „Struwwelpeter"-Buch, das noch zu Hause im Küchenschrank lag, brachte die neuen Arbeiter in ihr Heim.

Dazu mussten sie in der Straßenbahn fahren, eine ganz neue Dimension der Fortbewegung, die sie in einer Mischung aus wohligem Schrecken, Spannung und Stolz erlebten. Es würde bald normal sein wie die Größe der Stadt.

Das Heim hatte Zimmer mit je vier Doppelstockbetten und acht Metallschränken, Waschräume und einen Speisesaal. Die neuen Bewohner blieben selbstverständlich zusammen. Sie wohnten nun mit zwei Polen und zwei Italienern zusammen, wenn sie das richtig verstanden hatten. Ein Bett blieb frei. Mit Händen und Füßen bedeutete man ihnen, dass am Morgen jemand käme, der sie zur Baustelle bringen würde. Es ging alles sehr schnell. „Das ist die neue Welt", fand Otto, „da wird nicht lange gefackelt." Es war sehr nach seinen Vorstellungen.

Als Otto nach einem überraschend schmackhaften Essen, es gab einen Eintopf aus Kartoffeln, Fleisch und Gemüse, im Bett lag, da wurde ihm doch ein bisschen schwindlig. Vor gerade mal einem Monat hatte er noch in der Küche des kleinen Siedlungshauses mit dem Vater gestritten, während die Mutter schweigend zuschaute, nun war er in New York, hatte eine Arbeit und sogar eine Wohnung.

Im Bett über ihm lag Heinz, der Bauer aus Pfalzdorf, und schnarchte leise. Nebenan hatte sich Fritz, der Bergmann aus Essen, auf die Seite gedreht. Wahrscheinlich schlief er auch, jedenfalls hob und senkte sich der Oberkörper ganz leicht und gleichmäßig. Ottos Gefühl des Schwindels legte sich und wich einer vorsichtigen Zufriedenheit, der er noch nicht völlig traute.

Immerhin war er eine Welt weiter gekommen, so sah er das. Und dass er bei der Einwanderung in die Liste „Skoetsch“ statt seines Vaters Nachnamen „Skoecz“ eingetragen hatte, schien ihm das richtige Zeichen für den Aufbruch in sein neues Leben.

Er dachte nicht einmal daran, Brücken abgebrochen zu haben, so dramatisch war das nicht. Er fand sich nur sehr erwachsen, eigenständig und auf dem richtigen Weg. Wenn er sich vorstellte, irgendwann nach Deutschland zurückzukehren, er schloss das überhaupt nicht aus, dann sah er die Eltern vor sich, wie sie staunten über ihren Sohn, der als großer Junge gegangen und als ganzer Mann heimgekommen war. Als ganzer Mann mit einer dicken Brieftasche, versteht sich.

Otto sah seine Mutter, wie sie glücklich im Topf mit Bigos rührte, dem Eintopf mit Sauerkraut und Fleisch, den sie für ihn gekocht hatte. Er sah seinen Vater, der ein bisschen steif und doch leise lächelnd am Küchentisch saß. Darüber schlief er ein.

Am Morgen fuhren sie in ihren Arbeitsanzügen, Otto nahm sogar sein Werkzeug mit, auf einem von einem dicken und kräftigen Pferd gezogenen heftig rumpelnden offenen Wagen gemeinsam mit acht anderen Arbeitern zur Baustelle.

Das Pferd war offenbar unempfindlich gegen die Geräusche auf der Straße, und auch der Verkehr und das Gedränge schienen ihm nichts auszumachen. „Das könntest du unseren Pferden in Pfalzdorf nicht antun“, sagte Heinz, „die wollen ihre Ruhe auf dem Feld haben.“

Der Vorarbeiter war wieder ein Deutscher, Georg Männle aus Marburg, einer Stadt in Hessen. Er hatte scharfe Kanten im Gesicht, die aussahen wie mit dem Lineal gezogen, graubraune Haare und die Figur eines Preisboxers. Ein bisschen wie Fritz in ziemlich groß.

Männle teilte Otto zur Holzhütte ein. Heinz und Fritz sollten Material zu den Kränen schleppen, von denen Holz, Metall, Steine und Mörtel nach oben geschafft wurden, nach unvorstellbar weit oben. Otto musste den Kopf weit in den Nacken legen, um die Spitze des Bauwerks zu sehen. Dabei schienen sich die Häuser links und rechts zu bewegen.

Es war eine eintönige Arbeit. Fritz und Heinz trotteten wie Lasttiere auf zwei Beinen den ganzen Tag zwischen den Lagerstellen und den Kränen, Heinz dachte dabei manchmal an das dicke Pferd zu Hause, das den Pflug zog und im nie endenden Hin und Her über die Ackerfurchen den Eindruck machte, als sei es sehr zufrieden damit. Zumindest beschwerte es sich nicht. Heinz fand das in Ordnung, und er hielt es wie das Pferd und maulte nicht. Es hätte ja auch niemand hören wollen.

Fritz dachte an die Loren, die tief unter der Erde zu den Örtern geschafft wurden, wo sie mit Kohle beladen wurden. Und er freute sich, dass es wenigstens hell war, wo er arbeitete, und nicht so heiß und staubig. Außerdem dachte er an den Lohn, und da vergaß er, dass die Tage ohne große Abwechslung vergehen würden. „Alles im Leben hat seinen Preis", hatte der Lehrer in der Schule mal gesagt. Daran erinnerte er sich jetzt.

Otto sägte mal wieder, und er hobelte. Erneut wurden keine Kunstwerke von ihm verlangt, auch wenn er sich durchaus zu aufwendigen Schnitzereien berufen fühlte. Aber er tröstete sich ebenfalls mit der Aussicht auf kommende Reichtümer. Und vielleicht käme dann noch die Zeit für

Schnitzereien. Ideen hatte er – für einen Bilderrahmen oder die Türen eines Küchenschranks. Das musste einstweilen warten.

Viele auf der Baustelle kamen aus Deutschland, manche aus Polen, einige aus Italien und ein paar aus Irland. Von den Iren lernten die drei Neuankömmlinge in ihren ersten Wochen die ersten englischen Brocken oder was die Iren für Englisch ausgaben. Und sie lernten schnell. Es blieb ihnen nichts anderes übrig, wenn sie hineingeraten wollten in diese bunte Gesellschaft neuer Amerikaner oder zumindest neuer Arbeitskräfte in Amerika. Und das wollten sie ja.

Im Wohnheim unterhielten sie sich bald in einem sehr eigenen Dialekt, der mit Englisch, Deutsch, Polnisch und Italienisch durchsetzt war. Sie sagten „Vots zet?", wenn sie den englischen Namen für Dinge wie Kaffeetasse, Teller, Stuhl oder Werkzeug wissen wollten. Und sie sagten „Zänks", wenn sie glaubten, die Antwort verstanden zu haben. So hatten sie es gelernt – oder gehört.

Es gab ihnen ein neues Selbstbewusstsein und nahm die Angst vor dem Neuen, die sie allen munteren Sprüchen zum Trotz doch immer wieder mal einholte in dunklen Nächten, wenn sie müde von der Arbeit mit schmerzenden Armen und Händen im Bett lagen und dennoch nicht einschlafen konnten.

Als langsam der Winter kam, und als es so kalt wurde, wie sie es nie erlebt hatten, waren sie bereits wohlhabende Handwerker. Die Firma bewahrte ihr Geld auf einem eigenen Bankkonto auf, sie behielt die Kosten für Kost und Logis ein, und sie zahlte auf Guthaben sogar einen Zins. Die Erinnerung daran half an besonders kalten Tagen. Ein bisschen war es wie im Paradies und in den schönsten Träumen – nur eben kälter.

3

DER KINEMATOGRAPH

Otto macht eine Entdeckung. Es gibt eine Maschine, die lebende Bilder an die Wand wirft. Sie zaubert ihre Geschichten in den Kopf der Zuschauer. Zwölf Minuten beim großen Eisenbahnraub verändern sein Leben. Er will alles lernen über diese Maschine.

Weil der Sonntag arbeitsfrei war, gingen Otto, Heinz und Fritz, die unterdessen unzertrennliche Freunde geworden waren, aus. Das war ein Vergnügen, das sie aus der Heimat nicht kannten. Die Kollegen aus dem Wohnheim zeigten ihnen den Weg zu kleinen Kneipen, oft nicht mehr als bessere Verschläge, in denen es billig Bier und Fusel gab. Sie waren allesamt zu Fuß zu erreichen.

Es war laut, roch nach Schweiß und Tabak und schalem Bier, die Gläser klebten an den schmierigen Tischen, der Boden war rutschig, aber es war warm und eine Ablenkung vom Arbeitsalltag mit den immergleichen Wegen und den Brettern, die stets so aussahen, als hätte man sie schon gestern in der Hand gehalten. Außerdem war jeder Ausflug in eine der Spelunken eine lebendige Sprachschule.

Otto lernte am schnellsten dazu, seine beiden Freunde unterhielten sich lieber in kurz hervorgestoßenen Wörtern, denen je nach Frage oder Antwort der entsprechende Tonfall beigegeben wurde und die sie mit ihren Händen in der Bedeutung untermalten.

Sie sahen dabei manchmal so aus wie die Polizisten, die auf den Straßenkreuzungen für Ordnung im chaotischen Verkehr der Weltstadt sorgten. So ging es schließlich auch.

Skoetsch allerdings war bald so weit, richtige Gespräche führen zu können – oder was er und seine Kollegen für richtige Gespräche hielten. Sie gingen jedenfalls über den Austausch der Tageszeiten oder über die Bestellung von Bier und Schnaps hinaus. Sie beantworteten längere Fragen ausführlicher, und in ihnen wurde viel erzählt von der jeweiligen Heimat. Auch dafür waren sie ja da.

Er erfuhr bei so einer Gelegenheit, dass der Zimmernachbar Antonio aus einer armen Gegend in Italien stammte, wo der Vulkan Ätna noch immer ab und zu seine Lava über den Berg spuckte. „Jeder bei uns hat Angst vor dem Vulkan", sagte Antonio mit den kohleschwarzen Augen, „in jeder Küche hängt ein Kreuz, morgens und abends wird dafür gebetet, dass der Vulkan uns verschont."

In der Holzhütte erzählte der irische Schreiner Liam, dass er in seiner Heimat gehungert hatte und deshalb in die USA gekommen sei. „Das Hungergefühl werde ich nie vergessen, wir haben sogar Kartoffelschalen gegessen. Jeden Monat schicke ich Geld nach Hause, damit das nie mehr passiert", sagte er.

Otto hatte nicht gehungert, auch wenn er in Essen nicht dick und rund geworden war, das ja nun nicht. Und er schickte auch kein Geld nach Hause. Aber er erkannte: „Uns ging es in Deutschland nicht so schlecht." Dass Reisen der Bildung zuträglich ist, erfuhr er jeden Tag neu.

Nach zwei Jahren hatte er längst begonnen, auf Englisch zu träumen. Manchmal war es ein seltsames Erlebnis, wenn sein Vater in den Träumen englisch sprach. Einmal sagte er in Ottos Traum in der Waschkaue, wo sich die Bergleute gegenseitig den Kohlestaub vom schwarzen Rücken abschrubbten: „Siehste, die Sprache hab ich auch noch gelernt." Sein Kumpel antwortete mit schwarzem Gesicht: „So sind die Ostpreußen. Viel schlauer, als alle denken."

Am Haken unter der Decke sang eine Amsel (natürlich schwarz) ein schönes Lied, und die Wände der Waschkaue waren grün. Mehr hatte Otto nicht behalten. Er träumte auch nicht so oft. Eines Samstagabends im beginnenden Frühjahr, der Schnee auf den Straßen wurde langsam matschig, und die Sonne schien schon mal durch die Häuserschluchten bis auf den Boden, ging er mit Liam aus der Holzhütte ausnahmsweise nicht in eine der Spelunken in der Nähe des Wohnheims.

„Ich kenn da was Besseres", sagte Liam.

Er führte Otto zu einer kleinen Halle mit einer Art Pforte davor. An der Pforte saß ein Kassierer, dem sie fünf Cent, „einen Nickel", wie der Ire erklärte, für den Eintritt zahlen mussten. Sie betraten den Innenraum, spärlich möbliert mit ein paar grob geschreinerten Bänken, auf denen ein bunt gemischtes Publikum saß – Arbeiter aus dem Hafen, Händler aus den nahen Gassen, Fuhrleute, Schuhputzer, Küchenhilfen, Einwanderer aus Russland, Deutschland, Polen und China. Es ging laut her und ungeniert.

Liam zog Otto auf eine Bank, eine dicke Frau rutschte grummelnd zur Seite. „Auf deren Platz hätten zwei von mir gepasst, ob die auch nur einen Nickel bezahlt hat?", dachte Otto Skoetsch. Und dann sah er, wohin auch alle anderen Blicke gingen.

Auf die Wand vor den dicht besetzten Bänken fiel ein Lichtstrahl, und der Lichtstrahl erschuf lebendige Bilder, indem er sich über die Wand ausbreitete. Noch nie hatte er etwas Vergleichbares gesehen, es kam ihm unwirklich vor.

Er folgte dem Weg des Lichtstrahls nach hinten, und dort sah er eine schwarze Maschine, fast nur eine Kiste mit zwei Spulen, über die ein transparentes Band lief. Ein Mann drehte an der Seite der Maschine an einer Kurbel. Eine starke Lampe schien durch das Band und warf Bilder wie bei einer Fotografie auf die Wand, mit dem Unterschied, dass sich diese Bilder wie durch einen Zauber bewegten. Auf der Wand rast nun ein Zug in einer kargen Landschaft über die vorher weiße Fläche. An einer Wasserstation muss er anhalten, und (natürlich schwarzgekleidete) Ganoven, die zuvor den Bahnhofsvorsteher überfallen und gefesselt haben, springen auf die Lokomotive. Sie überwältigen den Heizer, werfen ihn von der fahrenden Lok und zwingen den Lokführer anzuhalten.

Die Passagiere müssen aussteigen und ihre Wertsachen den maskierten Gangstern aushändigen. Ein mutiger Reisender, der davonlaufen will, wird erschossen. Die Räuber fliehen mit der abgekoppelten Lok bis zu einem Wald, in dem ihre Pferde versteckt sind.

Aber die Gerechtigkeit ereilt sie doch. Der Bahnhofsvorsteher wird von seiner Tochter nach viel Wehklagen und Händeringen befreit, und tapfere Bürger brechen ihr Tanzvergnügen zugunsten einer Verfolgungsjagd ab. Nach reichlich Pistolen- und Gewehrknallerei, das aber niemand im Saal hört, allenfalls in seiner Fantasie, die durch sichtbaren Pulverdampf ordentlich angeregt wird, sind die Räuber zur Strecke gebracht. Im letzten Bild zielt ein schnurrbärtiger Mann mit dem Revolver aufs Publikum. So mancher geht in Deckung.

Otto wurde langsam der Atem knapp. Er sah seinen ersten Film, und sein Herz schlug schnell.

Während die Männer im Publikum die Räuber anfeuerten oder um die armen Zugbegleiter und Passagiere bangten – je nach Temperament (die Freunde der Räuber waren deutlich in der Überzahl, das änderte sich erst in der Verfolgungsjagd am Schluss) –, prägte sich Otto jedes Bild ein, fügte Foto um Foto in seinem Kopf zur Handlung zusammen, hielt die Zeit an, ließ sie fortlaufen und war völlig gebannt.

Zwölf Minuten dauerte die Vorführung dieses Films, eine ganze Spule war abgespult. Es liefen noch ein paar andere, kürzere Filmchen, aber der große Raub hatte Otto Skoetsch restlos begeistert. Seine Wangen glühten wie die von Kindern unter dem Weihnachtsbaum, und er hatte viele Fragen, als er seine Sprachlosigkeit endlich überwunden hatte.

Einige stellte er Liam: „Wo kommt der Film her? Was ist das für ein Kasten, aus dem der Film projiziert wird? Wer macht so etwas? Kann man da mitmachen? Wie heißt der Film?“

Mit den meisten Fragen war sein irischer Kollege überfordert. Dass der Film „The Great Train Robbery“ hieß, wusste er natürlich ebenso gut wie alle Zuschauer, die das Plakat am Eingang gesehen oder von Anfang an genau hingeschaut hatten und nicht wie Otto Skoetsch in eine Art Trance gefallen waren, in der er aus dem Raum hinaus in eine ganz andere Welt gezogen worden war.

Skoetsch ließ das keine Ruhe. Er fragte die Kollegen auf der Baustelle, die Mitbewohner im Heim, den Mann an der Essenausgabe, die Boten. Und einer wusste wirklich weiter. „Die Maschine heißt Kinematograph", erklärte der Mann, der am Freitag mit den Lohnzetteln kam. „Es ist eine amerikanische Erfindung."

Dass es nicht die ganze Wahrheit war, konnte er nicht wissen. Er ging davon aus, dass der Kinematograph von Thomas Alva Edison erfunden worden war, und von ganz ähnlichen Erfindungen der Brüder Lumière in Frankreich hatte er noch nie gehört. Für echte Amerikaner lag dieses Frankreich ohnehin auf einem anderen Planeten.

Edison jedoch war ganz nah, und er genoss bereits zu Lebzeiten einen legendären Ruf. Er hielt tatsächlich das Patent an dem Gerät, das Skoetsch an jenem Samstagabend in einem New Yorker Schuppen gesehen hatte.

Mit der Verbreitung dieser Geräte und mit der Verbreitung von Filmen wuchs die Zahl solcher Schuppen. Nickelodeons nannten die New Yorker die kleinen Hallen, weil für einen Nickel Eintritt gewährt wurde. Wer einmal bezahlt hatte, durfte so lange bleiben, wie er wollte. Viele Zuschauer hätten beim großen Eisenbahnraub deshalb mitspielen können, weil sie ihn so häufig gesehen hatten.

Den meisten Besuchern war es vermutlich gleich, ob Edison die Geräte erfunden hatte oder nicht. Sie glaubten allerdings gern jede Erzählung über sein Genie. Und sie wussten natürlich nicht, dass hinter dem genialen Erfinder eine ganze Firma stand.

Sie stellten sich den großen Edison vielleicht als einen Universalgelehrten vor, der in seiner dunklen Kammer von morgens bis abends die Dinge ersann, die das Leben so viel lebenswerter machten – die Glühlampe, den Phonographen, das Kohlemikrofon, die Röhrendiode, wahrscheinlich auch die Wolkenkratzer oder Manhattan.

Einer seiner vielen Mitarbeiter, Edwin S. Porter, hatte die neue Erfindung, mit der nicht nur Filme vorgeführt, sondern auch Filme aufgenommen werden konnten, für einen der ersten richtigen Spielfilme genutzt – eben jenen großen Eisenbahnraub.

Nicht nur für Otto Skoetsch war das eine Offenbarung. Licht und Schatten, die sich auf der Leinwand zu bewegten Bildern verwandelten, waren für ihn reine Magie. Er konnte den Blick nicht wenden, und ihn ließen die Filme nicht mehr los, sie füllten Kopf und Bauch, Tag und Nacht.

Weil es vielen so erging, wurden Nickelodeons größer, man nannte sie schließlich Kinos, und es entstand eine Industrie. Dahinter steckte zunächst tatsächlich Edison, der eben auch in Geschäftsdingen erfinderisch war, sehr erfinderisch.

Es gab jedoch auch Mitbewerber auf diesem in großen Sprüngen wachsenden Markt. Nicht alle aber fügten sich Edisons Diktat, der über das Patent seiner Kinematographen vorschrieb, wer vorführen durfte und was er vorführen durfte. Schließlich brachte er auch die Filme heraus.

In New York kontrollierte er dieses neue Geschäft, in ein

paar Jahren sollte er einen Trust gründen, der die Kontrolle umfassend machte und auf ganz Amerika ausdehnte.

Das passte nicht allen. Manche besorgten sich ihre Geräte auf dem europäischen Markt. Dort hatten es der Erfinder Edison und seine große Firma versäumt, sich die notwendigen Patente zu kaufen. Die Investition schien Edison überflüssig und Europa als Markt viel zu mickrig. Er war eben ein echter Amerikaner, für den die Welt an den US-Grenzen endete.

Aber die Europäer bedienten sich der Erfindung der Brüder Lumière, die ebenfalls standhaft behaupteten, das Prinzip ersonnen zu haben. Anders als Edison konnten sie für den europäischen Markt ihre Patente vorzeigen und daher dem Konkurrenten aus Übersee eine lange Nase drehen.

Der unternehmerische Freigeist seiner Landsleute im neuen Filmgeschäft passte wiederum Edison nicht in den Kram – zumindest soweit sich der Freiheitswillen auf die freie Wahl der Produkte erstreckte. Damit die Konkurrenz ein wenig gefügiger wurde, schickte er gelegentlich ein paar kräftige Mitarbeiter vorbei, die sich nicht nur umsahen, sondern auch tüchtig zupackten, meist mitten in die Gesichter der Mitbewerber, die dann häufig keine Mitbewerber mehr sein wollten. Den großen Siegeszug des Kinos hielt er damit nicht auf, er verzögerte ihn nicht einmal.

Und Otto Skoetsch stand staunend dabei, mitten im Auge des Sturms.

4

MARIA BLÖMER

Wir springen nach Goch, ins Jahr 1970, in den Vorführraum des Goli. Ein Film besteht aus mehreren Akten. Weil die Spulen nur 20 Minuten Film fassen, haben die Kinos zwei Projektoren. Vorführer müssen die Kunst der Überblendung beherrschen. Maria Blömer ist 40 Jahre lang Vorführerin. Sie spult im Laufe ihres Berufslebens 80.000 Kilometer Film ab. Ob das ein Rekord ist, weiß sie nicht.

Der Motor des Projektors brummt. Im Vorführraum ist es so laut, dass der Ton aus dem Kino hier nur sehr gedämpft ankommt. Für Maria Blömer ist das kein Problem. Sie hat einen sechsten Sinn für alles, was im Saal unten geschieht. Sie bemerkt auch mit dem Rücken zu den vier kleinen Fenstern (zwei vor den Projektoren, zwei zum Kontrollblick in den Saal), wenn etwas nicht stimmt, und sie weiß einfach, wann es Zeit für die Überblendung wird. Das ist der kritische Moment beim Vorführen.

Den zweiten Akt, eine Filmrolle von 600 Metern Länge, von „Pippi Langstrumpf außer Rand und Band" hat sie bereits in den zweiten Projektor durch ein Gewirr von Rädchen, Klemmen und Halterungen, von denen normalen Menschen vermutlich schwindlig würde, in die Spule eingefädelt und auf Anfang gestellt. Sie muss nicht einmal so genau hinschauen, ihre Hände fliegen wie von selbst über das Gerät.

Sie spürt, wenn sich die Rolle im ersten Projektor dem Ende nähert. Dann legt sie das Strickzeug gelassen zur Seite und schaut durch eines der Fenster auf die große Leinwand im Saal. Wenn der Film fast durchgelaufen ist, erscheint oben rechts auf der Leinwand ein Kreis, manchmal ist es auch ein Dreieck, heute ist es ein Kreis. Maria Blömer hat nun noch sieben Sekunden. Sie ist so gelassen, dass sie die knappe Zeit ein bisschen zu dehnen scheint, von Aufregung jedenfalls keine Spur.

Sie wirft den Motor des zweiten Projektors an, und wenn sie das zweite Zeichen sieht, kurbelt sie den Schlitten mit dem Bildgeber vor das Lampenhaus und den Lichtstrahl des zweiten Projektors, öffnet dessen Fenster in den Saal, knipst das Licht am Haus des ersten Projektors aus und schließt wiederum dessen Fenster. Es ist ein Vorgang wie aus einem Guss, tausendmal geübt, so selbstverständlich wie Zähneputzen.

Unten im Kino merkt das kein Mensch, der Film geht lückenlos weiter, weil die Vorführerin natürlich auch die Kunst beherrscht, den Ton mit dem Bild schon beim Einlegen zu synchronisieren. Die Zuschauer, Kinder, Jugendliche, Familien, johlen und freuen sich über das kleine freche und starke Mädchen aus Schweden, das Astrid Lindgren erfunden und dem Inger Nilsson auf der Leinwand ein Gesicht gegeben hat.

Für eine ganze Generation bleibt die Schwedin Pippi, sie passt so perfekt, dass es ihr nie mehr gelingen wird, in einer anderen Rolle zu überzeugen. Ihr Publikum will das nicht.

Oben im Raum über der Loge nimmt die Vorführerin den abgespielten ersten Akt, die ersten 20 bis 25 Minuten des Films, aus dem Projektor, trägt ihn zu einem Tisch und verbindet ihn mit einer leeren Spule. Per Hand spult sie den Akt um, damit er für die nächste Vorstellung auf Anfang steht. Dann legt sie die Rolle wieder in eine runde Blechdose, die sie im Metallschrank bis zur nächsten Vorstellung verstaut, und fädelt den dritten Akt in die erste Maschine, die in ungefähr 20 Minuten wieder zum Einsatz kommen wird. So geht das bis zum Schluss des Films. So geht das bei jedem Film.

Die Filmrollen sind mit der Bahn in einem großen und entsprechend schweren Karton gekommen. Sie sind auf kleine Rollen gedreht – wie Garn. Für die Vorführung müssen sie auf die großen Blechspulen. Zum Rückversand an den Verleiher werden sie wieder auf kleinen Spulen gebracht – und natürlich zur Bahn geschleppt.

Ein kraftraubender Job und jedenfalls kein großes Vergnügen, bei dem sich der Kinobesitzer gern von seinen Söhnen oder einem seiner Neffen vertreten lässt. Der Transport geschieht mit dem Fahrrad, denn Karl Skoetsch hat weder ein Auto, noch wird er je einen Führerschein machen.

Der Karton wird auf den Gepäckträger gewuchtet und das Fahrrad zum Kino geschoben. Zum Glück ist das nicht weit. Die Treppe zum Vorführraum (und später zurück ins Erdgeschoss) wird die Kiste allein mit Muskelkraft bewegt. Soll noch einer sagen, dass es sich bei Pippi Langstrumpf-Filmen um leichte Kost handelt.

Beim Umspulen singt der Film ein kleines Lied, je höher das Umspultempo desto höher das Summen, und der ein bisschen wacklige Tisch, auf den die Spulen montiert sind, macht dazu klappernde Geräusche. Das hören die Besucher auf den Logenplätzen während der leisen Stellen eines Films, schließlich ist der Vorführraum nur durch die Decke von ihnen getrennt.

Maria Blömer ist das egal. Sie kurbelt schwungvoll und lässt den Tisch tüchtig wackeln. Und wenn sie gemeinsam mit Ulli, dem gelehrigen Neffen des Kinobesitzers, vorführt, dann ist ihr spitzes ausgiebiges Lachen ebenfalls nicht zu überhören. In der Loge hört es sich so an: „Murmel, murmel, murmel, kicher, kicher, kicher."

Dafür hat es schon so manchen Vortrag der Firmenleitung gegeben, was Maria Blömer allerdings auch nicht weiter stört.

An ihrer fröhlichen Natur perlen ernste Ermahnungen einfach ab. Und sie weiß, dass sie eine unentbehrliche Mitarbeiterin im kleinen Theaterunternehmen ist, auch wenn sie vom Neffen nach dessen Einarbeitung im Urlaub gekonnt vertreten wird.

Deshalb lacht sie selbst dann weiter über das ganze runde, immer ein bisschen gerötete Gesicht, wenn der Herr Theaterbesitzer besonders nachdrücklich wird. „Ja, Herr Skoetsch, natürlich, Herr Skoetsch, da achte ich drauf", sagt sie. Und sie freut sich darüber, dass der Kinobesitzer in ihrer freundlichen Miene argwöhnisch nach Zeichen für zunehmende Heiterkeit forscht. Manchmal ist es ganz gut, wenn der Vortrag nach einem kurzen Besuch im Vorführraum beendet ist.

Denn lange zusammenreißen kann Maria Blömer sich nicht, wenn der Chef die ernste Chefmiene aufsetzt und den inzwischen kugeligen Wirtschaftswunder-Bauch derart vorschiebt, dass dem Hemd eine Zerreißprobe droht.

Vor allem, wenn ihr eigener Lehrling Ulli zugegen ist, benötigt es schon erhebliche Selbstbeherrschung, denn der hat dann auch immer Mühe, nicht laut herauszuplatzen. Sie sind ein ziemlich fröhliches und eingespieltes Team. Und er lernt schnell, weil ihn die Begeisterung für Filme und die großen Maschinen so gepackt hat, dass er nicht mal in Studienzeiten die Wochenenden ohne Vorführen aushält.

Manchmal weiß er selbst nicht, ob es eher die Faszination für die Bilder, die aus flackerndem Licht entstehen, die Magie der Leinwand oder das Surren der stählernen Projektoren und die eigene Rolle in all der Zauberei ist, die ihn ins Kino ziehen. Es hat wohl von allem etwas.

Und dass er mindestens an jedem Wochenende zur Stelle ist, hat selbstverständlich auch damit zu tun, dass er nach seinem eigenen Empfinden sehr ordentlich bezahlt wird, und dass er in der Gunst des Onkels weit oben zu stehen scheint.

Es gibt ihm ein Selbstbewusstsein, das er so noch nicht gekannt hat, es schiebt ihn an auf dem wunderlichen Weg durchs Leben, der schließlich von der Schlosser-Lehrwerkstatt der Lebensmittelwerke in Kleve über das Theologiestudium an die Spitze eines Verlags führt.

Der Frohsinn im Vorführraum leidet natürlich nicht, als Maria einen Akt des Schulmädchenreports einer genaueren Betrachtung unterzieht, indem sie ihn rückwärts abspult –

selbstverständlich unter Ausschluss einer größeren Öffentlichkeit.

Während die Hauptdarsteller im Softsex-Streifen statt ins Bett aus dem Bett und statt aus den Kleidern in die Kleider springen, kennt der Spaß keine Grenzen. Beschwerden aus der Loge werden nicht vorgetragen.

Bei ernsthafteren Vorführungen solcher Filmchen schleicht sich auch mal die männliche Verwandtschaft des Theaterbesitzers in den Vorführraum, weil sie den Vorgaben der Altersfreigabe für den Kinosaal noch nicht entspricht.

Da ist er streng, der Herr Direktor, die Verwandtschaft darf umsonst in jeden Film, aber auf das Alter wird genau geachtet. Schließlich lauern die Vertreter des Gesetzes überall. Beim Kino sind sie besonders argwöhnisch. Das weiß er aus leidvoller eigener Erfahrung.

Die junge, männliche Verwandtschaft darf deshalb ein paar Minuten durch eines der vier Fenster zuschauen und dabei feststellen, dass es sich bei den populären Filmen weder um große Kunst handelt noch um die erhoffte anregende Unterhaltung, die über den erotischen Wert von Unterwäsche-Reklame im Otto-Katalog hinausgeht, der bei der Oma unter den Kissen auf der Couch in der Küche liegt. Insofern ist das das auch eine Form der Aufklärung.

In ihrer Laufbahn hat Maria Blömer die gesamte deutsche und internationale Filmgeschichte zumindest am Rande gehört und bei den Überblendungen gesehen. In 40 Jahren kurbelt sie 80.000 Kilometer Film von einer auf die andere Spule – eine Strecke, die zweimal um die ganze Welt reicht. Sie hat sich nie gefragt, ob das ein Rekord ist. Dafür ist sie viel zu uneitel, auch die Kilometerstrecke hat sie nicht berechnet. Sie ist zufrieden mit ihrem Beruf.

Ihre gute Laune leidet nicht einmal, wenn sie nach der Abendvorstellung durch den Regen auf ihrem alten Fahrrad mit der gehäkelten Abdeckung am Hinterrad nach Hause fährt. Sie schützt ihre Frisur mit einem Kopftuch aus durchsichtigem Plastik. Es sieht so aus wie Frischhaltefolie.

Manchmal winkt sie nach den ersten Metern noch mal zurück, während der Kinobesitzer die großen gläsernen Türen hinter den letzten Gästen schließt. Die nehmen vor der Tür meistens den Film noch mal durch, erinnern sich gegenseitig an die schönsten Szenen, die eindrucksvollsten Schauspieler oder auch nur die besten Witze. Die Platzanweiserin, die im Zweitberuf das Eis in den Pausen zwischen dem sogenannten Kulturfilm oder der Wochenschau und der unerlässlichen Werbung vor dem Hauptfilm verkauft, hat noch einmal zwischen den Sitzreihen durchgefegt.

Dann geht auch sie nach nebenan, denn sie hat eine Wohnung im Haus des Kinobesitzers an der Brückenstraße. Anders als er, der mit seiner Familie eine Treppe unter dem Vorführraum lebt, wohnt sie oben unter dem Dach. Sie sind also beide immer im Kino.

Die Platzanweiserin und Eisverkäuferin unterbricht ihre Verbindung mit dem Lichtspieltheater jedoch an mehreren Wochentagen für ihren dritten Job. Sie arbeitet in der Kreisstadt Kleve für den Gebäckhersteller XOX.

Das hat drei unschätzbare Vorteile. Zwei davon genießt die Platzanweiserin, die „Frau Milz" heißt, und von der niemand den Vornamen kennt. Zum ersten ist der Weg vom

Klever Bahnhof zur Arbeitsstelle erfreulich kurz, neuerdings durch eine formschöne Fußgängerbrücke zusätzlich abgekürzt. Zum zweiten kommen Mitarbeiter in den Genuss verbilligter Erzeugnisse aus der eigenen Herstellung. Und zum dritten fällt damit immer noch etwas für Mitarbeiter und Familie des Kinobesitzers ab.

Natürlich sind die Plätzchen die besten der Welt, auch wenn diese Feststellung für wahre Gocher Heimatrechtler nicht so leicht ist. Schließlich kommt das Gebäck aus der herzlich ungeliebten und gelegentlich beneideten Kreisstadt. Neid und Abneigung haben die gleichen geschichtlichen Wurzeln.

Und das ist nur ein weiterer Tropfen ins große Fass der Minderwertigkeitskomplexe, die ein Gocher sein Leben lang mit sich herumtragen muss, wenn die Rede auf die Kreisstadt Kleve mit ihrem Tiergarten und der Schwanenburg kommt. Das Fass läuft regelmäßig bei fußballerischen Lokalkämpfen zwischen der Gocher Viktoria und den großen Klever Vereinen VfB oder Sportclub über. Aber das ist eine andere Geschichte, und der Kinobesitzer ist ohnehin kein Fußballfan.

Für ihn ist das ein Proletensport, und mit dieser Meinung hält er nicht hinter dem Berg. Natürlich gehört der selbst in besseren Kreisen bereits abgedroschene Spruch zu seinem Repertoire: „22 Männer laufen einem Ball hinterher, und wenn sie ihn dann endlich haben, schießen sie ihn wieder weg. Was soll das?"

Er selbst wird in seinem ganzen Leben bis auf zurückhaltendes Turnen in der Koronarsportgruppe, das ihm nach einem Herzinfarkt vom Arzt verschrieben wird, keine Lei-

besübungen betreiben – außer in der Schule und beim Militär, aber das ist unter Zwang gewesen.

Dennoch ist er froh, dass seine beiden Söhne so gut geraten sind, dass sie Aufnahme in den örtlichen Tennisclub
gefunden haben – ein Verein, in dem sich die bessere Gesellschaft trifft und in dem sie unter sich bleiben will. Und er ist
stolz, dass der ältere von ihnen inzwischen nicht nur auf dem
Tennisplatz eine ordentliche Figur abgibt, sondern auch die
Marathonstrecke in einer Zeit zurücklegt, in der man gerade
mal einen überlangen Film schauen kann. „Ben Hur" dauert
sogar eine dreiviertel Stunde länger.

Davon erzählt er sehr gerne, obwohl er von den Geheimnissen des Laufens ebenso wenig versteht wie vom Fußball.
Dem Sohn ist es peinlich. Aber er hört es auch nicht so oft,
weil er unter der Woche in Bonn Chemie studiert. Er bleibt
schon mal am Wochenende in der kleinen Bundeshauptstadt
und trifft sich mit den Kommilitonen – auch so ein Wort, das
der Vater nun lernt und in Gesprächen mit den Mitbürgern
gerne verwendet.

Es ist alles sehr in Ordnung.

5

PUBLIKUMSRENNER

Die 1960er Jahre sind die goldenen Zeiten des Kinos. Bei „My Fair Lady" reichen die 453 Plätze manchmal nicht. Für „Ben Hur" steht das Publikum geduldig in Schlangen, die sich einmal um den Block bis in die Feldstraße wickeln. Die Zuschauer werden süchtig nach der Droge Film. Und das Fernsehgerät ist überhaupt keine Konkurrenz.

Die Schlange ist artig aufgereiht. Sie zieht sich vom Kassenhaus aus Glas, an dem die Preise angeschlagen sind (Loge, Sperrsitz, Erster Platz) und in dem Irmi, die dunkelhaarige Frau des Kinobesitzers sitzt, durch die Eingangshalle, die Stufen zum Bürgersteig der Brückenstraße hinunter bis um die Ecke zur Kreuzung mit der Feldstraße.

Zum Glück hat das jemand fotografiert, damit es die Nachwelt auch glauben kann. Im Vorführraum rückt Maria Blömer einen Stuhl zur Fensterwand, besteigt ihn kühn und kann so einen Blick auf das gegenüberliegende Schaufenster von Waffen Schmitt werfen. Im Schaufenster spiegelt sich die Menschenmenge, die ungeduldig auf Einlass hofft. Das Licht im Vorraum zum Kassenhäuschen leuchtet wie eine Verheißung auf den Gehsteig.

Es sieht so aus, als wenn ganz Goch „My Fair Lady" sehen will. Wahrscheinlich ist das auch so. Es ist die große, unbeschwerte Kino-Kost des Jahres 1964. Das Musical nach dem Bühnenstück „Pygmalion" von George Bernard Shaw, in dem der Professor Higgins der Blumenverkäuferin Eliza Doolittle die krause Unterschichtssprache glattbügeln will, bricht zumindest im Goli alle Rekorde. Wer Glück hat, der bekommt am ersten Abend eine von 453 Karten. Wer kein Glück hat, der kommt eben später noch mal, Vorbestellungen gibt es noch nicht. Wer zuerst kommt, mahlt zuerst.

Über drei Wochen bleibt der Film im Programm. Und wer danach nicht mindestens einmal am Tag „Mein Gott, jetzt hat sie`s" ruft, der weiß auch nicht, wer Audrey Hepburn ist.

„My Fair Lady" ist nicht der einzige große Erfolg an der Kinokasse. Die Zeit um das Ende der 1950er und die beginnenden 1960er Jahre sind die große Zeit des Goli. Natürlich laufen manche Filme lediglich für ein langes Wochenende, und natürlich muss Karl Skoetsch, der das Theater von seinem Vater übernommen hat, bei den Verleihfirmen auch mal eher unverdauliche Ware nehmen, wenn er die Kassenschlager haben möchte, aber der Laden brummt trotzdem.

Sogar die Filme aus dem Beifang finden ausreichendes Publikum.

Bei „Ben Hur" wickelt sich die Besucherschlange ebenso bis in die Feldstraße, und auf den rund 450 Plätzen fiebert das Kleinstadtpublikum beim bis dahin größten Wagenrennen der Kinogeschichte mit. Die Zuschauer tauchen ab in das Rom von vor fast 2000 Jahren, sie verabschieden sich von der Wirklichkeit, wenn der Gong ertönt und der große, rote Samtvorhang langsam zur Seite gleitet.

Die überlebensgroßen Figuren auf der Leinwand (in jeder

Hinsicht überlebensgroß, es sind eben Helden) machen die Geschichte im Kino größer als die für Stunden nur vermeintliche Realität draußen in der kleinen Stadt, die nicht so viel Abwechslung zu bieten hat. Das Flackern der bunten Bilder treibt die Gedanken fort, und es löst die Zeit einfach auf – zumindest solange der Film dauert. Und darum geht es ja.

Wenn das Licht wieder angeht im Saal, brauchen die meisten Besucher ein paar Minuten, ehe sie sich wieder in der Wirklichkeit zurechtfinden, die im Vergleich so schmucklos, so farblos, so leise ist und für die Dauer des Films so weit weg war, dass sie allenfalls noch am Rand des Bewusstseins vorgekommen ist – wenn überhaupt.

Die Leinwand hat die Zuschauer vom Sitz in eine andere Welt gesaugt. Sie sind von Charlton Heston und dem Wagenrennen so berührt wie Otto Skoetsch, als er in New York den großen Eisenbahnraub sah und von einer Sehnsucht nach diesen Bildern erfasst wurde, die ihn nie mehr losließ.

Den regelmäßigen Kinobesuchern geht es genauso. Sie können von dieser Droge nicht genug bekommen. Die Fernseher, die nach und nach in alle Wohnzimmer einziehen, haben kleine Bildschirme und nur schwarz-weiße Bilder. Sie dienen der Nachrichtenverbreitung und sind mehr Statussymbol als Zauberkasten.

Gezaubert wird im Kino. Und es sind nicht nur die großen Filme aus den USA, die halb Goch ins Goli ziehen. Selbstverständlich wird „Doktor Schiwago" über das erste Wochenende hinaus verlängert, und vor allem die Frauen sind völlig hin von Omar Sharifs dunkel glühendem Blick. Natürlich pfeifen die Besucher nach der „Brücke am Kwai" den

River-Kwai-Marsch am Arbeitsplatz und unter der Dusche.

Aber auch leichtere Kost wie „Winnetou I" mit Pierre Brice und Lex Barker in den Hauptrollen oder das „Spukschloss im Spessart" mit Lilo Pulver sorgen für ein ausverkauftes Haus.

Die Jugendlichen drängen sich zu den völlig frei erfundenen Abenteuern des edlen Indianers Winnetou und seines Blutsbruders Old Shatterhand in den Saal. Manchmal werden zusätzliche Stühle in die Gänge im Sperrsitz geschoben, damit alle Platz finden.

Wenn die Jugendlichen nicht gerade Fußballstars wie Uwe Seeler und Wolfgang Overath werden wollen, dann wollen sie sein wie der Franzose Pierre Brice, der den Winnetou spielt, und der Amerikaner Lex Barker, der den deutschen Westernhelden Old Shatterhand gibt.

Gelegentlich wären sie am liebsten beides, aber im Kino vergessen sie sogar den großen Fußball, über den sie auf den Pausenhöfen der Schulen reden und den sie auf der Straße oder auf den Brachen zwischen den Häusern nachspielen. „Ich bin Uwe Seeler." „Ich bin Fritz Walter." „Ich bin Helmut Rahn." „Ich bin Wolfgang Overath."

In der Matinée am Sonntag, die genau in die Zeit zwischen (nicht zu spätem) Kirchgang und Mittagessen platziert ist, sie passt also ins strenge Nachkriegsmuster des Kleinstadt-Feiertags, laufen Mantel- und Degenfilme wie „Zorro" oder später die Produkte aus der japanischen Godzilla-Fabrik.

Wer nicht weiß, dass die Ungeheuer auf der Leinwand in Wirklichkeit nur größere Puppen sind (die meisten Zuschauer wissen das nicht), der gruselt sich ordentlich und sucht in den spannendsten Szenen aufmerksam den Fußboden mit den Augen ab.

Wenn die Musik von unheilvollem Grummeln auf begütigende Melodien schaltet, geht der Blick wieder auf die Leinwand, und es wird einmal gut durchgeatmet.

Wer dagegen fröhliche Entspannung sucht, der ist beim Märchennachmittag am Mittwoch richtig. „Frau Holle", „der süße Brei" oder „Hänsel und Gretel" finden da ihr Publikum. Für Kinder mit genügend Fantasie sind allerdings auch die Märchen der Brüder Grimm ziemlich aufregend.

Ein Neffe des Kinobesitzers verdankt seiner Vorstellungskraft ein mindestens einwöchiges Spießrutenlaufen. Die Szene mit der Hexe im Backofen bei „Hänsel und Gretel" ist bei seiner Kino-Premiere doch ein bisschen zu viel an Spannung für den sechsjährigen Knirps. Daher sucht er verzweifelt und vergeblich den Ausgang aus dem dunklen Saal.

Der Spott der anderen Kinder ist ihm dafür sicher. Bis ins hohe Alter kann er Grusel, Horror und Grausamkeit in Filmen schwer ertragen und schaut in den spannendsten Szenen lieber woanders hin. Aus dem Kino geflohen ist er allerdings nicht mehr.

Manche Filme guckt er sich einfach nicht an oder nur in Begleitung robusterer Naturen, die nicht wie er beim Auftauchen des „Weißen Hais" von Steven Spielberg einen unwillkürlichen Satz aus dem Kinosessel machen.

Über die im Schloss im Spessart herumgeisternde Räuberbande und die Musik von Friedrich Hollaender amüsieren sich eher die Erwachsenen im Wirtschaftswunderland der Bundesrepublik. Sie laufen dem Goli die Türen ein.

An der Kasse kaufen sie ihre Karten, mancher eine Tüte Weingummi oder Pfefferminzdrops, an der Glastür zum Foyer werden sie vom Kinobesitzer Karl Skoetsch persönlich in Empfang genommen, der die Karten abreißt; wer zur Loge oder zum Sperrsitz will, der nimmt die linke Treppe und wird von der Platzanweiserin zu seinem Sitz geleitet.

Der Rest strömt auf den billigen „Ersten Platz", den die Kinokenner Rasiersitz nennen, denn je näher die Leinwand ist, desto stärker muss der Kopf in den Nacken.

Wenn die Zuschauer ihre Plätze eingenommen haben und das Kulturprogramm im Vorfilm mit Wochenschau oder vermeintlich lehrreichen kürzeren Filmchen die gespannte Erwartung des Hauptfilms langsam auf die Spitze treibt, wird zwischen Foyer und Kasse Buchführung gemacht.

Karl, den niemand als lässigen Kerl bezeichnen würde (jedenfalls was die geschäftlichen Dinge angeht), lässt sich den Bestand der an der Kasse verkauften Süßigkeiten angeben, liefert die entsprechende Menge nach und vermerkt den innerbetrieblichen Handel sauber im Buch („Vorratsraum an Kasse: zehnmal Kaugummi, zehnmal Weingummi, zwanzigmal Pfefferminz"). Natürlich werden die Preise genau notiert.

Im Vorratsraum liegt das Buch mit den penibel eingetragenen Zahlen, in den Regalen an den Wänden stehen die Kartons mit der Nachschubware, in den Ecken Cola-Kisten, deren Inhalt allein für die Familie bestimmt ist – nur nach Vorauszahlung von 50 Pfennig in eine kleine Kasse, versteht sich. Und es riecht wunderbar nach Pfefferminz.

Zu diesem kleinen Reich gewährt Karl nur ungern Zutritt.

Es ist der Maschinenraum des Geschäfts. Hier sitzt Karl Skoetsch manchmal am Schreibtisch und findet, dass er ganz schön viel erreicht hat. Den nach einer Schussverletzung im Krieg mehr schlecht als recht zusammengeflickten rechten Arm hält er für den Preis, den er für Wohlstand und Ansehen gezahlt hat.

Er freut sich, wenn er die Bankauszüge studiert und sieht, wie seine Konten wachsen. Und er ist überzeugt davon, dass Verschwendungssucht eine große Sünde ist.

Andere halten ihn für geizig. Das kann er nicht verstehen, er würde sich als sparsam bezeichnen. „Von nix kommt ja nix", sagt er. Deshalb marschiert er ungerührt von Fleischerfachgeschäft zu Fleischerfachgeschäft, wenn es den Würfel Hefe im einen fünf Pfennig billiger gibt als im anderen. Und er rechnet mit seiner Schwiegermutter auf den Cent genau ab, wenn er in Holland Tee gekauft und sich dafür mit dem Fahrrad abgestrampelt hat.

Dass er sonntags beim wöchentlichen Familienkaffee mit großem Appetit Schwiegermutters Kuchen verzehrt und sich zum Nachtisch auch gern eine Zigarette anbieten lässt, hält er für selbstverständlich. Darüber gibt es ja auch keine Rechnung.

Für andere Leistungen zahlt er auch in der Familie, nicht zu großzügig, aber gerecht, und er bleibt nichts schuldig. Zum Beispiel für das Ausfahren und Aufhängen der Filmplakate, ein Job, den sich zunächst seine Söhne, später seine Neffen teilen.

Sie verstauen die sorgfältig gefalteten Plakate in einer braunen, abgewetzten Aktentasche, die vermutlich schon zu Kaisers Zeiten bei Vater Otto treue Dienste geleistet hat, und führen eine flache Schachtel aus Sperrholz mit, in der die zwanzig Zentimeter hohen und gut vierzig Zentimeter breiten weißen Streifen aufbewahrt werden, auf denen Tag und Uhrzeit der Vorführung vermerkt sind.

Die Streifen werden mit Stecknadeln unten am Plakat befestigt. Allerdings nicht immer und nicht bei allen Geschäftsinhabern, in deren Schaufenstern das Goli gegen ein paar Eintrittskarten seine Vorstellungen ankündigen darf. Der Schuster in der Steinstraße beispielsweise kriegt jedes Mal einen heiligen Schock, wenn barbusige Schönheiten für fragwürde cineastische Kunst werben.

Dann muss mit dem Hinweisstreifen die Blöße bedeckt werden. Was sollen denn die Leute sagen?

Noch aufwendiger ist die Prozedur bei der Schwägerin von Karls Schwiegermutter, die sich mit der Schwiegermutter ein kleines Ladenlokal auf der Voßstraße teilt, in dem sie Schuhe verkauft, die „Kollegin" Zigarren und Zigaretten. Der Tante Else, wie sie von allen genannt wird, verbietet die unerbittliche katholische Erziehung offenbar bereits den Blickkontakt mit derlei sündiger Reklame.

Deshalb wird mit dem Hinweisstreifen vorn und mit einem Packpapier hinten bedeckt, was vor allem beim Einfall von Sonnenlicht zu sehen wäre. Zum Glück für die Tante und den Schuster währt die Zeit der Sexfilmchen nicht allzu lang.

Gebeichtet werden muss selbst der zufällige Blick natürlich trotzdem.

6

OTTO WIRD
EIN KINOMANN

Zurück nach Amerika. Otto verfällt dem Film. Während das Publikum in den Nickelodeons brüllt und schreit, schaut er andächtig zur Leinwand. Er bleibt kein Zuschauer, er macht mit. Das Filmgeschäft wird sein Beruf. Dafür zieht er um – zunächst von New York nach Chicago.

Otto Skoetsch wurde Stammgast im Nickelodeon in Brooklyn. Wenn die Arbeit auf der Baustelle beendet war, schlang er das Abendbrot herunter und fuhr zur Filmhalle. Er konnte es kaum erwarten. Und eine neue Erfindung erleichterte den Weg.

Seit 1904 nun raste New Yorks Bevölkerung ebenfalls unter der Straße dahin. Die Subway musste sich nicht durch das oberirdische Gedränge der Pferdekarren, Straßenbahnen und Automobile (und über die Straßen stürzenden Fußgänger) wühlen, sie trug New York auch in dieser Hinsicht in die Moderne, wo sich große europäische Städte wie Paris mit der Metro und Berlin mit der U-Bahn schon seit Jahren befanden.

Es war die letzte technische Lücke zur Alten Welt, die New Yorks Verkehrsplaner schlossen. In allen anderen Bereichen fühlte sich die Weltstadt am Hudson dem bedauernswerten Rest der Menschheit haushoch überlegen. Und das war wohl auch eine richtige Einschätzung. Zumindest wurde sie bereitwillig geteilt – überall, selbst dort, wo sich schon lange das Gefühl der Unterlegenheit breit gemacht hatte, in Europa vor allem.

Die Filmhalle nahm zwar immer noch nur einen Nickel Eintritt, aber sie war bereits so etwas wie ein Theater geworden. An die Stelle der Holzbänke traten Stühle, es sah alles sehr viel geordneter aus, aber das Programm war gleich.

Mehrere kurze Filme liefen hintereinander in loser Folge und ohne erkennbaren Zusammenhang, wer einmal Eintritt bezahlt hatte, konnte immer noch bleiben, solange er wollte. Das Publikum bestand nach wie vor aus Hafenarbeitern, Kellnern und Kellnerinnen, Dienstboten und Handwerkern.

Die besseren Schichten hatten das Kino noch nicht entdeckt. Sie gingen ins Theater oder, wie die oberen Zehntausend, in die Oper. Der große Enrico Caruso debütierte 1903 als Herzog in „Rigoletto". Natürlich waren alle 3900 Karten im riesigen Saal der Metropolitan Opera verkauft. Das Publikum kam in Abendgarderobe, und es benahm sich (fast immer) tadellos.

Das konnte vom Publikum in den Nickelodeons niemand behaupten. Und es war während der Vorstellung immer noch laut. Auf den Ton musste ja niemand achten, den gab es noch nicht. Die Zuschauer kommentierten, was sie sahen, und wer am lautesten rief, der hatte die Meinungshoheit. Es war also fast wie im richtigen Leben.

Otto gefiel es sehr, obwohl er nie mit den anderen herumbrüllte, sondern eher andächtig das große Wunder an der

Wand bestaunte, das dort immer wieder aus Licht und Schatten entstand und sich im Kopf zu Bildern und Geschichten zusammensetzte. Er wollte nicht nur mehr darüber wissen, er wollte mitmachen. Das stand fest für ihn.

Deshalb sprach er den Mann an der Maschine an, die am Anfang des Wunders stand.

„Wo kann man das lernen?", fragte er.

„Bei mir, wenn du willst", sagte der Mann, „ich kann ja den Boss fragen, ob er vielleicht jemanden braucht, der mir hilft."

Das war mehr, als Otto zu hoffen gewagt hatte. Und als der Boss erklärte, er habe nichts dagegen, zusätzliches Personal für den Abend einzustellen, konnte der Essener Einwanderer sein Glück nicht fassen.

Fast war er so weit, zu glauben, dass er im Bunde mit günstig gesinnten übernatürlichen Mächten stand. Aber das passte dann doch nicht zu seinen Vorstellungen, die überhaupt nichts vom buchstäblichen Gottvertrauen hatten, das seine Mutter meist klaglos durch ihr Leben geleitet hatte, von dem sie dachte, dass es ohnehin vorbestimmt sei. Otto dachte eher an glückliche Zufälle, die dem begegnen, der entschlossen seine Chance sucht. „Glück", sagte er, „ist etwas, das man sich verdient."

Der Boss sah aus wie das Gemälde eines amerikanischen Unternehmers im Zweireiher, mit einem runden Hut und einer Uhrenkette über der gestreiften Weste, die den imposanten Bauch umspannte. In Europa hätte er wahrscheinlich ein Monokel und vielleicht einen Adelstitel getragen. Hier hieß er schlicht Mr. Smith oder eben Boss.

Fortan schuftete der Schreiner aus dem Ruhrgebiet am

Tag auf einer der ewigen Baustellen einer Stadt, die beständig die eigenen Grenzen sprengte und ohne Unterlass in den Himmel wuchs, und am Abend tauchte er in die lärmende, bunte, fröhliche Welt der Wunder flimmernder Bilder ein. John Barber, den sie aus für den Einwanderer unerfindlichen Gründen Jack nannten, machte Otto mit den Geheimnissen der Vorführung vertraut.

Wie Skoetsch war er ein mageres Kerlchen mit einem blonden Haaransatz, der sich bereits von der Stirn zurückzuziehen begann, den zartgliedrigen Händen eines Feinmechanikers und einer unerschütterlichen Geduld.

Vielleicht war das so, weil er schon auf die 40 zuging und als Bote, Scheuermann, Maler und Elektriker so viel von der Welt der Arbeit gesehen hatte, dass ihn nichts mehr aus dem seelischen Gleichgewicht brachte.

„Ein paar Jahre habe ich für Edison gearbeitet", erzählte er, „ich hab gesehen, wie die Kinematographen entwickelt wurden, und ich hab Kabel für den Strom eingebaut. Und dann brauchte Edison Leute, die in den Nickelodeons die Maschinen bedienen konnten. Seither bin ich hier." Ebenso wie Skoetsch war Barber fasziniert vom Licht und vom Zauber der Bilder.

Otto war ein gelehriger Schüler, er sog regelrecht ein, was Jack Barber sagte und tat. Es war wie ein eigener Lehrfilm, den der Deutsche in seinem Kopf abspeicherte und bei Bedarf abspielte, wenn er gerade mal nicht weiter wusste, was nicht oft vorkam.

Bald war er so weit, Barber an freien Tagen allein zu vertreten. Und er fühlte sich groß, wenn er als Ausgangspunkt des Zaubers die wunderbare Maschine bedienen durfte und die Kurbel mit viel Gefühl für die richtige Geschwindigkeit drehte.

Ich gebe etwas zum Träumen, dachte er, und ich träume mit, wenn die Bilder an der Wand ihre Geschichten erzählen. Es war ein großes Glück, natürlich ein verdientes Glück. Hat er dabei gelächelt? Ganz bestimmt.

Ins Wohnheim kehrte er lediglich noch zum Schlafen ein. Seine Freunde Heinz und Fritz sah er bei der Arbeit oder bei den gemeinsamen Mahlzeiten. Beide waren auch mal mit nach Brooklyn gefahren, aus reiner Freundlichkeit, wie es Otto erschien, der ihnen vom Film vorschwärmte, so oft er konnte. Und er war da sehr ausdauernd.

Aber sie teilten seine Begeisterung für diese neue Kunst nicht. „Eine Mode, wenn du mich fragst", sagte Fritz, den die Arbeit an den Hochhäusern noch kantiger gemacht hatte. Er wirkte wie ein Quader aus steinharten Muskeln. „Das geht wieder vorbei." Und Heinz fand das ausgelassene, quirlige Treiben, das ständige Rufen, Schreien und Sprechen im herumwieselnden Publikum einfach zu anstrengend.

„Ich will meine Ruhe haben, das regt mich zu sehr auf", erklärte er.

Es war der denkbar größte Gegensatz zu seinen nun Jahre zurückliegenden Abenden im Pfalzdorfer Bauernhaus, wo das einzige Geräusch das Knarren der alten Stühle auf den Dielen und das Ticken der Standuhr war. Manchmal hörte man noch das Vieh im Stall und ganz gelegentlich ein Käuzchen auf dem alten Kastanienbaum. Nicht, dass er sich dahin zurücksehnte – schon gar nicht nach dem Käuzchen, dessen Ruf angeblich Unglück bringt. In New York hatte er noch kein Käuzchen gehört.

Aber ein bisschen weniger Krach als in diesem Krawallhaus sollte es doch sein.

Otto dagegen hatte seine Bestimmung gefunden. So kam es ihm jedenfalls vor. Seine Mutter hätte dieses persönliche Erweckungserlebnis vermutlich als Station der Vorsehung betrachtet. Das lag Otto fern.

Doch was er am Kinematographen in der schäbigen Halle mit all den verwegenen Gestalten auf Stühlen und Bänken fühlte, war deutlich mehr als die Feststellung, dass es ein netter Beruf sein könnte, das Wunder des Films zu verbreiten. Es füllte seine Brust mit einem schönen Schmerz, oft war ihm zum Weinen.

Doch das wischte er davon, für ihn war das Gefühlsduselei, und er hielt sich lieber ans Handfeste, an die Maschine in diesem Fall.

Ganz abgesehen davon, dass er in dem neuen Geschäft auch eine gute Gelegenheit zum Geldverdienen erkannte, eine sehr gute Gelegenheit, wie er glaubte.

In dieser Hinsicht war er nicht allein. In New York schossen Nickelodeons aus dem Boden wie die Pilze im Herbstwald. Da traf es sich, dass der Boss ihn in sein Büro rufen ließ. Er hatte die Beine auf den Schreibtisch gelegt und wies Otto gönnerhaft einen Platz vor dem Tisch an.

„Ich höre, du machst dich gut?"

„Wenn das so ist..."

„Vielleicht willst du den Job ja jeden Tag machen."

Ottos Herz klopfte schneller. Aber er blieb vorsichtig:

„Das kommt natürlich auch auf die Bezahlung an."

„Da musst du dir keine Sorgen machen. Es gibt 65 Dollar die Woche."

Ottos Herz tat noch einen Hüpfer. Er sagte allerdings nichts, und er hoffte, dass seine Augen nicht allzu viel Vorfreude durchschimmern ließen.

„Es gibt nur ein Problem", sagte der Boss, und seine Schweinsäuglein linsten listig unter der Krempe des Huts hervor, den er ins Genick geschoben hatte.

Otto sagte immer noch nichts. Er wartete.

„Der neue Job wäre in Chicago. Ein Geschäftsfreund macht da ein Nickelodeon auf. Er kennt vom Geschäft noch nicht viel, und er braucht ein paar gute Jungs für den Start. Er kommt aus Deutschland, wie du. Und was das Beste ist: Er bietet dir eine Wohnung für zehn Dollar im Monat und Gewinnbeteiligung unter Landsleuten."

Otto hatte genug gehört. Er brauchte keine Bedenkzeit. „Wann kann ich anfangen?"

„In zwei Wochen. Lass dich bei der Baustelle auszahlen und setz dich in den Zug."

Und als ob er hinter die Stirn seines Angestellten schauen könnte, fügte er hinzu: „Dein Erspartes können wir mit einer Kabelüberweisung nach Chicago auf ein neues Bankkonto einzahlen." Wunderbare neue Welt.

Und so zog Otto Skoetsch im Frühjahr 1906 von New York nach Chicago, von der Baustelle der Wolkenkratzer in eine Halle an der Milwaukee Avenue, aus dem Wohnheim mit seinen deutschen Freunden Fritz und Heinz in die erste eigene Wohnung seines Lebens.

7

CHICAGO UND
CARL LAEMMLE

Der Weg zum täglichen Wunder ist nur zwei Blocks weit. Und der Herr über dieses Wunder kommt aus Laupheim in Oberschwaben. Er sagt einen wichtigen Satz: „Seien Sie kein Lohnsklave." Der Satz setzt sich fest in Ottos Kopf.

Es war jetzt nicht das Paradies auf Erden. Das konnte niemand behaupten. Aber es gab fließendes Wasser und sogar eine eigene Toilette. Ottos Wohnung bestand aus einem etwa 20 Quadratmeter großen Raum mit einem Tisch, zwei Stühlen und einem Bett.

Aus dem Fenster im zweiten Stock schaute er auf eine belebte Straße hinunter, die Treppe war aus Eisen, sie klapperte beim Betreten und führte außen am Haus empor und herab. Anfangs irritierte es ihn ein bisschen, dass man durch die vergitterten Stufen bis zum Boden schauen konnte. Er beschloss, nicht mehr nach unten zu gucken. Das war ohnehin eine gute Idee. Unten lagen schließlich keine Ziele.

Neben dem Waschbecken in seiner Wohnung stand ein kleiner Kohleherd, in einem Schrank daneben befanden sich eine Pfanne, ein Topf, drei Teller und zwei Becher und in der Schublade vier Löffel, vier Gabeln und ein Brotmesser. Im ein Meter breiten und zwei Meter hohen Schrank neben dem Bett brachte er seine Habseligkeiten unter. Den Anzug, den Arbeitsanzug, drei Hemden, Unterwäsche, zwei Paar Schuhe, einen Mantel und das Werkzeug, das natürlich die Reise mitgemacht hatte. Kein Schreiner hätte sein Werkzeug zurückgelassen.

Zur Arbeitsstelle an der Milwaukee Avenue musste er nur zwei Blocks weit gehen. Und „The White Front" war viel mehr, als er sich erträumt hatte. Das war schon lange nicht mehr Nickelodeon, sondern eindeutig Cinema, wie die Besucher es nannten – viel geräumiger, aufgeräumter, edler, beinahe ein richtiges Theater mit einem Saal, in dem die Sitzreihen sanft anstiegen, so dass von jedem Platz alles zu sehen war, was auf der Leinwand vor sich ging.

Der Besitzer hatte sein Büro in diesem Theater. Anders als das Kontor in New York, das sich nur unwesentlich von dem schäbigen Anwerbebüro im Verschlag am Hafen unterschieden hatte, gab es hier einen Schreibtisch mit gedrechselten Beinen („gute Arbeit", dachte der Schreiner in Otto), einen Ledersessel mit Armlehnen hinter und einen Lederstuhl ohne Armlehnen vor dem Tisch, eine kleine Couch, Registraturschränke und Regale mit Aktenordnern an den Wänden und ein Bild in einem dunklen, schönen Rahmen an der Wand hinter dem Schreibtisch. Das Bild zeigte eine kleine Stadt.

„Das ist Laupheim", sagte Carl Laemmle, Ottos neuer Arbeitgeber, „hier vorn ist der Marktplatz mit dem Gasthaus zum Pflug, hinten auf dem Berg ist das Schloss Großlaupheim und rechts die Pfarrkirche St. Peter und Paul."

Otto fand nichts weiter Bemerkenswertes an diesem Bild einer Kleinstadt, die aussah wie so viele andere mit ein bisschen Fachwerk und gepflasterten Straßen, er hielt den Rahmen mit der Schnitzarbeit für wesentlich eindrucksvoller, und er beschloss bei sich, irgendwann selbst so einen Rahmen zu machen.

Er sprach das jedoch natürlich nicht aus, denn er hörte den Stolz in Laemmles Stimme, wenn er über Laupheim sprach, und da wollte er nicht mit Schreinerbemerkungen über den Rahmen stören, sondern lieber beifällig nicken. Das tat er dann auch.

Sein Chef war 1884 in die Vereinigten Staaten gekommen, aus eben jenem Nest in Oberschwaben, dessen Abbild in seinem Büro hing. Laemmle war ein kleiner Mann von fast vierzig Jahren, mit einer gedrungenen Figur und beginnender Glatze, einer Lücke zwischen den Schneidezähnen, durch die es immer ein bisschen sprühte, wenn er redete, und einem freundlich-gewinnenden Wesen.

Laemmle lachte gern und ausgiebig. Das tat er auch jetzt bei Ottos Antrittsbesuch, und er sprach deutsch mit seinem neuen Angestellten. Das ging ihm ein Leben lang leichter über die Lippen als das amerikanische Englisch. Der starke deutsche Akzent verließ ihn nie.

„Wissen Sie, wie das mit den Filmen bei mir angefangen hat?"

Selbstverständlich wartete er die Antwort nicht ab, das konnte sein neuer Mann ja nicht wissen, aber der blieb ohnehin lieber still. Er wollte nicht stören, sondern zunächst mal beobachten.

„Ich habe zuerst als Laufbursche gearbeitet, und weil ich nicht blöd war, bin ich Geschäftsführer einer Textilfirma geworden. So was geht hier schnell. Und bei der Weltausstellung in Chicago, wo ich mir Strickmaschinen anschauen wollte, habe ich zum ersten Mal Edisons Kinematographen gesehen. Es gab The Great Train Robbery. Das war ein Wunder."

„So war es bei mir auch", pflichtete Otto nun eilig bei, seine Stimme überschlug sich fast, und er musste seine Begeisterung nicht heucheln, man hörte sie in seinen schnellen Atemzügen. Laemmle spürte, wie echt sie war, weil er sie teilte. Das war schon mal ein schöner Anfang.

„Und dann bin ich zufällig hier in Chicago in eines dieser Fünfcent-Dinger gestolpert – Nickelodeons nennen sie die. Über die Filme musste ich lachen, richtig laut lachen."

Wie zum Beweis lachte er auch jetzt. Auf der geröteten Stirn erschienen kleine Schweißperlen, und das runde Gesicht über der Zahnglücke strahlte in freudiger Erinnerung. Hinter der Stirn liefen offenbar gerade die Filme noch einmal ab. Das war auch für Otto einer der angenehmsten Aspekte dieses neuen Mediums, es speicherte das Leben von der Leinwand gleich ab und machte es damit wieder und wieder verfügbar. Dabei fühlte es sich immer neu an, jedenfalls unverbrauchbar. Es war so etwas wie die Erfindung der Ewigkeit.

„Da wusste ich: Diese lustigen Filme sind dein Ding. Nimm Eintritt von den Leuten und bring sie zum Lachen. Drei Wochen, nachdem ich mich über die Filmchen kaputtgelacht hatte, hatte ich mein eigenes Kino hier an der Milwaukee Avenue. Gott segne Amerika."

Er sagte tatsächlich Kino. Und das war für Otto Skoetsch der nächste Schritt in eine neue Welt. Denn das Kino bewahrte nicht nur den Zauber der Bilder, sondern es erschloss diesen Zauber einer ganz neuen Kundschaft jenseits der Arbeiter, Boten, Zimmermädchen und Handwerker. Das Geschäft breitete sich buchstäblich aus, es wurde zu einem Phänomen für die ganze Gesellschaft.

Der Mittelstand kam nämlich ebenfalls in Laemmles Theater, wo Otto nun täglich die Filme vorführte, und er durchmischte das Publikum, das sich zuvor ausschließlich aus der Unterschicht rekrutiert hatte. Das Kino wurde gediegener, die Filme wurden länger, auch weil sich die Technik ständig selbst überholte. Der Laupheimer produzierte die Streifen selbst, er war also nicht von Edisons Lieferkette abhängig. Außerdem war Chicago ziemlich weit weg von New York. Weit genug, dachte Laemmle mit Genugtuung.

Die Nachrichten aus der großen Stadt am Hudson erreichten Chicago trotzdem. Schließlich gab es Zeitungen. Der neueste Trend in New York schien eine gewalttätige Frauenbewegung zu sein. In einem Pferde-Omnibus hatte sich eine Frau gegen die Zudringlichkeiten eines männlichen Mitreisenden gewehrt, indem sie ihn mit ihrer Hutnadel tüchtig in den Arm stach.

Das hielt ihn von weiteren Annäherungsversuchen ab und verschaffte der Dame den ungeteilten Respekt der anderen Passagiere. „New Yorker lassen sich das vielleicht bieten, ein Mädchen aus Kansas nicht", erklärte die wehrhafte Frau aus dem Mittleren Westen.

Die Hutnadel als Waffe kam richtig in Mode. Demonstrierende Frauen gingen mit gezogener Hutnadel, immerhin 30 Zentimeter lang, auf Polizisten los, ein Mann wurde überfallen und mit vorgehaltener Hutnadel zur Herausgabe seines Bargelds gezwungen, die Zeitungen schrieben von Hutnadel-Duellen zwischen Frauen.

Ein Richter verbot aus Angst vor Ausschreitungen Hutnadeln in seinem Gerichtssaal. Und ein New Yorker Blatt urteilte: „Der Kreuzzug gegen die Hutnadel hat begonnen."

Otto glaubte, das könne später mal ein schöner Stoff für Filme sein, denn er hatte bei den Vorführungen längst erkannt, worauf die Zuschauer reagierten. Viele waren wie Laemmle, der witzige Slapstick-Filmchen am besten fand. Der Kinobesitzer schlug sich auf die Schenkel und brüllte vor Lachen, wenn auf der Leinwand etwas grotesk schiefging.

Andere reagierten auf dramatische Ereignisse, auf schreckliche Liebesgeschichten und große Abenteuer. Deswegen rollten die Schauspieler mit den großen, dunkel geschminkten Augen und übertrieben jede Geste. Zu hören gab es ja nichts.

Langsam setzten sich deshalb Zwischentitel durch, manche Kinohallen engagierten Ansager, die dem Publikum erklärten, was es gerade sah. Und es gab die ersten Musiker, die die Handlung begleiteten. Meist waren es Pianisten, die je nach dem Geschehen auf der Leinwand dramatisch, einfühlsam oder vergleichsweise witzig und schnell spielten.

Skoetsch brauchte das nicht. Der Film, jeder Film entzündete in ihm ein Feuerwerk an weiteren Bildern und Tönen, er erlebte Explosionen, die ihn manchmal vergessen ließen, dass er selbst an der Maschine stand, die solche Empfindungen herstellte. Er war häufig ein Teil der Filme, die er den Zuschauern zeigte.

Nie zuvor hatte er eine solche Besessenheit verspürt. Allein dafür hat sich alles gelohnt, dachte er.

Sein Chef dachte das auch. Denn Laemmles Geschäft ging blendend. Er hatte eine Goldader angezapft, und in kurzer Zeit hatte er nicht nur ein Kino, sondern 50. Sein erstes Theater an der Milwaukee Avenue blieb seine Zentrale, und als er sich im Büro mit seinem begabten Vorführer über die eigenen Geschäftsgrundsätze unterhielt, sagte er: „Alles beginnt mit diesem Satz: Seien Sie kein Lohnsklave."

Das merkte Otto Skoetsch sich, es arbeitete fortan jeden Tag in ihm, und er beschloss, bald ebenfalls kein Lohnsklave mehr zu sein.

8

DIE HEIMKEHR

Ein Schuster besetzt das Rathaus von Köpenick und wird als Hauptmann von Köpenick berühmt. Otto Skoetsch kehrt zurück nach Deutschland, und er kauft sich die Ausrüstung für ein Wanderkino. Er zieht über die Jahrmärkte und nennt sich nun Kino-Direktor.

Am 16. Oktober 1906 besetzt der Schuster Wilhelm Voigt das Rathaus von Köpenick. Der entlassene Strafgefangene befindet sich in der verzweifelten Situation, wegen seines Zuchthaus-Aufenthalts keine Personalpapiere zu bekommen und ohne diese Papiere keine Arbeit. Ein böser Kreislauf im preußischen Dschungel der Paragrafen, aus dem es kein Entrinnen zu geben scheint.

Für Voigt schon, denn er setzt auf die deutsche Obrigkeitshörigkeit und das Vertrauen in Abzeichen und Rangordnung. Deshalb stellt er sich bei verschiedenen Altkleiderhändlern eine Hauptmanns-Uniform zusammen, requiriert mit strengen Worten eine zehn Mann starke Truppe von der Straße, lässt das Rathaus abriegeln und beschlagnahmt auf Befehl „seiner Majestät" den Bestand der Stadtkasse – 3557,45 Mark.

Weil er im Zuchthaus viel über Militär und militärische Befehlsketten gelernt hat, gelingt es ihm, die tapfer nickenden und eilfertig gehorchenden Beamten im Rathaus zu täuschen. Das Geld wird ihm widerspruchslos ausgehändigt. Jawoll, Herr Hauptmann. Man weiß schließlich, was sich gehört.

Der Legende nach lässt er seine Truppe noch für eine halbe Stunde das Rathaus besetzt halten, während er selbst zum Bahnhof fährt, sich auf den gelungenen Tag in aller Ruhe ein Helles genehmigt, ins nahe Berlin reist und bei einem Herrenausstatter anständige zivile Kleidung kauft. Die Uniform wird umstandslos entsorgt.

Zehn Tage später wird er dennoch festgenommen und erneut ins Gefängnis gesteckt. Aus seiner Geschichte, die es selbstverständlich in die Zeitungen schafft, schlägt er nach der Entlassung aus der Haft bescheidenen Profit als lebendiger „Hauptmann von Köpenick".

Noch im Jahr der Rathaus-Besetzung erscheinen zwei Stummfilme, die seine Geschichte auf die Leinwand bringen. Später schreibt sie der Schriftsteller Carl Zuckmayer nieder. Buch und Filme werden Erfolge. Zum richtigen Schauspieler bringt es Wilhelm Voigt nicht. Und reich wird er auch nicht – ganz im Gegensatz zu Zuckmayer, der gut 20 Jahre darauf allein im Jahr der Erstaufführung des Theaterstücks über den Hauptmann 160.000 Mark Tantiemen einstreicht – das Lebenseinkommen eines Arbeiters.

Als die Filme gerade gedreht werden, kehrt Otto Skoetsch zurück nach Deutschland. Er ist zwar kein Held wie der Hauptmann von Köpenick, und die Zeitungen nehmen keine Notiz von seiner Ankunft, aber er ist ein gemachter Mann.

Anders als vor drei Jahren reist er in der zweiten Klasse

mit allem Komfort, er kann auf dem Deck flanieren, wann immer er will und muss nicht auf die Deckstunden für die im stinkenden Zwischendeck Eingesperrten warten. Der Geruch der Erinnerung kriecht ihm noch mal in die Nase und jagt ihm nachträgliche Schauer über den Rücken.

Er wird nie mehr ein Passagier im Zwischendeck sein. Das schwört er. Sich selbst und jedem, der es hören will. In diesem Fall seinem Mitreisenden Heinz Verhoeven.

So wie es 1903 das Letzte war, was er von Deutschland sah, ist es diesmal das Erste: Helgoland. Und erneut liegt die Insel über einem leichten Nebel, der sich im beginnenden Tag zu lichten beginnt. Sie scheint zu schweben. Otto nimmt den Silberstreif über dem grauen Wasser der Nordsee als ein gutes Zeichen. „Das ist dein Zeichen", sagt er sich.

Im Gepäck hat er ein ordentliches Vermögen, denn er war sparsam in den Vereinigten Staaten, ein gesundes unternehmerisches Selbstbewusstsein und einen genauen Plan. Darauf hat ihn sein Chef in Chicago gebracht.

„Filme werden auch in Deutschland ein Renner", hat Carl Laemmle prophezeit, „darauf können Sie sich verlassen, warum versuchen Sie es nicht da?"

Der joviale Mann mit der Zahnlücke erzählt ihm auch von den ersten Wanderkinos, die es in Deutschland bereits gibt.

„Die ziehen über Jahrmärkte, da ist immer irgendwo einer, und die Eisenbahn oder Lastwagen gibt es ja auch in Deutschland."

Laemmle glaubt fest an diesen neuen Markt, und er will sein Geschäft bald auch in die alte Heimat ausdehnen. „Vielleicht treffen wir uns da", sagt er und drückt Ottos Hand beim Abschied mit aller herzlichen Manneskraft. Die Stirn leuchtet rot, und die Zahnlücke prangt freundlich unter der Oberlippe.

Otto Skoetsch ist ein bisschen gerührt. Aber nur ein bisschen, denn er hat noch viel vor. Es weht ihn mit Rückenwind aus der neuen Welt in die alte, die nie mehr so sein wird, wie sie früher mal war, für ihn jedenfalls nicht. Er fühlt sich ganz weit vorn bei dieser Umgestaltung und dem Weg in die Moderne. Er ist ganz sicher, dass es eine Umgestaltung wird, und dass die bewegten Bilder darin eine Hauptrolle spielen werden.

Und er zögert nicht. Das ist nicht seine Art, ohnehin nicht und jetzt schon gar nicht mehr. Otto Skoetsch beschließt, sein Wissen nach Deutschland zu bringen, er will dabei sein, wenn das Filmgeschäft in seiner alten Heimat beginnt. Er weiß, dass er dafür drei Voraussetzungen braucht: Mut, einen eigenen Kinematographen und mindestens einen vertrauenswürdigen Helfer.

Mut hat der kleine Mann reichlich, obwohl man es ihm nur ansieht, wenn man ihm fest in die Augen schaut, und den Helfer hat er ebenfalls. Seinen Auswanderer-Freund Heinz Verhoeven hat er ein paar Wochen vor der Heimkehr von den guten Gewinnaussichten überzeugen können. In einem Brief schwärmt er ihm von den Erfolgen in Chicago vor. „Du glaubst nicht, wie leicht man Geld machen kann“, schreibt er nach New York.

Heinz Verhoeven kann zwar die Begeisterung von Otto Skoetsch für das neue Medium nicht unbedingt teilen, und ihn hat das Filmfieber längst nicht so gepackt, aber die beachtlichen Dollarsummen, die ihm der Freund nennt, sind starke Argumente. Da braucht es gar kein Gefühl.

In New York gehen beide an Bord. Fritz, der Essener Kumpel, inzwischen vom Wohnheim in eine eigene Wohnung gezogen und Vorarbeiter, bleibt auf dem Bau. „Ich hab genug zu tun", versichert er. Gegenseitig versprechen sie sich, über Briefe in Kontakt zu bleiben. Und Otto hat den starken Mann an seiner Seite, der ihm schon auf dem Weg in die USA Sicherheit gegeben hat. Auch das hält er für ein gutes Zeichen.

In Cuxhaven, in der Hapag-Halle für die betuchten Gäste, gehen sie an Land, und Skoetsch hat das nächste Reiseziel schon festgelegt. Über Hamburg geht es nach Dresden. Das ist auch ein Rat von Laemmle gewesen.

„In Dresden gibt es die Firma Ernemann", hat er gesagt, „die stellt gute Kinematographen her – handlich und preiswert. Da müssen Sie hin." Die Ausrüstung ist schließlich die dritte Komponente des Geschäfts.

Für die Schönheiten Dresdens, die Semperoper und den Zwinger, haben die Geschäftsreisenden aus Übersee zunächst mal keinen Blick. Am Mosaik des Fürstenzugs an der Augustusstraße aber bleiben die Heimkehrer doch staunend stehen. Das Mosaik wird gerade Zug um Zug durch Meißner Porzellan ersetzt. Es sieht aus wie eine lange Filmsequenz, die auf eine Mauer geklebt ist, findet Otto. Er denkt überall nur an Filme.

Sie sind ihm die Welt.

Bei der „Heinrich Ernemann AG für Camerafabrikation" erwirbt er sein Werkzeug – Kinematograph, Lampen, die ersten Filme. Das Verleihwesen hat sich noch nicht durchgesetzt. Wer vorführen will, der muss seine Streifen kaufen – für stattliche 200 Mark.

Otto Skoetsch ist von einer guten Investition überzeugt, auch wenn er den Preis für überzogen hält. Er hält die meisten Preise für überzogen, das sagt er auch, aber der Preis lässt sich beim Gespräch mit Ernemanns Angestellten nicht drücken.

Der dünne, lange Mann mit den Ärmelschonern an den Ellenbogen über dem weißen Hemd sitzt mit gebeugtem Rückgrat wie ein Kater auf dem Sprung am Schreibtisch und blinzelt bedauernd über den Kneifer auf der Nase: „Das ist nicht verhandelbar. Wir sind doch nicht auf dem Basar."

Otto zuckt mit den Achseln, er hatte sich das schon gedacht. Aber den Versuch war es wert, denkt er bei der Unterschrift unter den Vertrag. Und er blickt beeindruckt auf das Porträt des Firmengründers an der Wand des Kontors, in dem die geschäftlichen Dinge geregelt werden.

Heinrich Ernemann schaut mit seinem weißen, spitzen Bart und der hohen Stirn mit ernster, würdevoller Miene auf die kleine Welt tief unter sich. Die rechte Hand steckt in der Hosentasche, er trägt einen Frack, ein vornehmer Mann.

So vornehm will Otto auch mal auf seine Nachkommen und Geschäftsfreunde herunterblicken. Dieser Vorsatz wird ihn sein ganzes Leben lang antreiben, er wird sein Motor an schlechten Tagen, und er wird ihn selbst an den guten Tagen aus der Bequemlichkeit aufscheuchen. Die Rastlosigkeit wird sich im Flackern seiner Augen spiegeln, zufrieden wird er nur ganz selten sein.

Die ersten beiden Jahre nach der Rückkehr aus Amerika

bereist er mit Heinz Verhoeven das Ruhrgebiet. Er fährt von Jahrmarkt zu Jahrmarkt und zeigt sein Programm mit großem Erfolg in den Sälen von Gaststätten. Die Menschen sind ebenso wie er selbst damals vom Film in den Bann geschlagen. Bei den Slapstick-Filmen lachen sie im Chor, bei den Tragödien weinen sie – sogar die Männer. Zum Glück ist es ja immer dunkel im Saal.

Die Spielgenehmigungen sind kein Problem, ebenso wenig wie die zwar ärgerliche, aber erträgliche Lustbarkeitssteuer, die von den Gemeinden neuerdings bei öffentlichen Vergnügungen erhoben wird. Die Gemeinden haben natürlich erkannt, dass mit diesem neuen Zauber Geld zu machen ist. Sie müssen nicht mal viel tun, nur abkassieren und die Genehmigung abstempeln.

Gemeinsam mit den Betreibern der Gaststätten führt Otto Skoetsch die Steuer mit leisem Zähneknirschen ab. Aber das Geschäft läuft so gut, dass die Beträge nicht ins Gewicht fallen. Dennoch sind sie ihm ein Dorn im Auge. „Was tun die denn für das Geld?", fragt er, „das Risiko haben doch wir."

Es ist eine Klage auf hohem Niveau, das weiß er.

Stolz berichtet er seinen Eltern in Essen von seinen Erfolgen. Sie können kaum glauben, wie weltgewandt ihr Sohn geworden ist und wie reich. Sie erkennen ihn beinahe nicht wieder, wie er im schicken Dreiteiler in der schäbigen Küche steht und große Reden hält. Sie kommen bei der Kirmes in Altenessen sogar zu einer Vorführung.

Auch wenn Vater August den Gedanken, dass sein Sohn nun dem fahrenden Volk der Schausteller angehört, nicht so richtig gut erträgt, so muss er doch grummelnd einräumen, dass die flackernden bewegten Bilder an der Wand eindrucksvoll sind. Sie nehmen auch ihn gefangen. Und er sieht mit skeptischem Staunen, dass es tatsächlich in der Kasse klingelt.

„Meine Welt ist es nicht, mein Junge, aber du hast es wohl geschafft", sagt er.

Das ist ein großes Lob aus dem Mund des wortkargen Masuren, der sogar kommentarlos erträgt, dass der Sohn nun Skoetsch heißt und nicht mehr Skoecz.

Otto fühlt sich nur bestätigt. Und er verhehlt seine Genugtuung nicht: „Ich hab's dir ja gesagt."

Die Welt der Bergarbeitersiedlung war ihm schon vor der Auswanderung zu klein geworden, jetzt empfindet er ihre Enge so richtig. Er bekommt kaum Luft, es ist wie unter Tage.

Otto Skoetsch und sein Mitarbeiter Heinz Verhoeven wohnen nun meistens in den Gaststätten, in denen sie vorführen, oder in kleinen Hotels am Jahrmarktsort. Manchmal teilen sie sich noch ein Zimmer. Das ist allerdings schon alles, was an die sparsamen Tage in Amerika erinnert. Und bald hat jeder sein eigenes Zimmer im Hotel.

Im Ruhrgebiet erwirbt sich sein Wanderkino schnell einen guten Namen. Und Otto nennt sich jetzt „Kino-Direktor." Dass seine Firma nur aus zwei Personen besteht, muss ja niemand wissen.

9

OTTO KOMMT NACH GOCH

In der Kleinstadt entfaltet sich der Zauber des Kinos noch stärker, die Kleinstädter sind empfänglicher für die Magie des Films als die Menschen in den großen Städten, weil sie ja sonst nicht viel erleben. So kommt Otto an den Niederrhein. Er lernt Pfalzdorf kennen und die Gemeinde Goch, und er begegnet Wilhelmine. Da will er sesshaft werden.

Während die Konkurrenz manchmal mit eigenen Zelten und einer schweren Ausstattung aus Bierbänken und tragbarer Leinwand durch die Lande zieht, bleibt Otto Skoetsch bei Auftritten in festen Sälen. Dass so manches Zelt und – schlimmer noch – so manche Ausrüstung bei schweren Stürmen verwüstet wurde, ist ihm früh aus der sicheren Entfernung seiner eigenen Abspielorte eine Lehre.

Nicht dass er schadenfroh wäre, wenn wieder mal ein Gewitter die Zeltplanen bei der Konkurrenz zerreißt oder die teuren Geräte zerstört. Aber er beglückwünscht sich schon mal zu seiner Weitsicht – allerdings nie, wenn einer der bedauernswerten Mitbewerber in der Nähe ist. Das gehört sich nicht und könnte falsch verstanden werden.

Weil er mit seiner kleinen Ausrüstung entschieden mobiler und schneller unterwegs ist als die Konkurrenten, dehnt er seine Gastspieltouren aus. Das Ruhrgebiet wird ihm zu übersichtlich für sein Geschäft. Aus den Gastspielen in kleinen Ortschaften wie Hattingen und Herne weiß er, dass Kleinstädter für die Magie des Films, für das tägliche neue Wunder noch viel empfänglicher sind als die Menschen in den größeren Städten, die deutlich mehr Möglichkeiten zur Unterhaltung haben und denen die Innenstädte einen ganz eigenen Zauber von Betriebsamkeit, Leuchtreklamen und Warenhäusern bieten. Geschäftliche Ausflüge nach Düsseldorf hat er deswegen gar nicht erst gemacht. Das lohnt sich nicht.

Er trägt den Zauber in die kleinen Gemeinden, und er nimmt sich darum den Niederrhein vor – auch weil ihm Freund Heinz von seiner Heimat mit den vielen kleinen Städten und Dörfern erzählt hat. Von der Gegend um Verhoevens Geburtsort Pfalzdorf ist Otto Skoetsch jedoch zunächst schwer enttäuscht.

„Das ist ja flach wie ein Brett hier", sagt er, „dagegen liegt Essen mitten im Gebirge. Und hier siehst du am Montag, wer Dienstag zu Besuch kommt."

„Das hat ja seine Vorteile", antwortet Heinz, „da kannst du schon Montagabend in Deckung gehen."

So ähnlich halten das seine Verwandten auf den Höfen in diesem weiten Dorf. Besuch haben sie nicht so gerne, und Fremde sind, nun ja, Fremde eben, denen mit gesundem Misstrauen begegnet wird. Skepsis gehört zur Grundausstattung.

Trotzdem freut sich die Familie über die Rückkehr des verlorenen Sohnes aus Amerika, und sie vergisst ihm natürlich nicht die vielen Briefe mit den Geldsendungen.

Den neuen Arbeitgeber mit seiner spitzen Nase und den schlauen Augen betrachten sie mit der über Generationen erlernten Vorsicht der Landbevölkerung gegenüber allem, was sie noch nicht gesehen haben. Neu ist hier nicht unbedingt gut. Und mit seinem Geschäft können sie nicht so viel anfangen.

Sie schauen aus sicherem Abstand zu, und sie erzählen sich in einer Mischung aus sehr behutsamer Abenteuerlust und bangem Grusel von den eigenen ersten Begegnungen mit der neuen Kunst.

Kurz nach der Jahrhundertwende muss es gewesen sein, noch bevor Heinz nach Amerika abdampfte, dass der Klever Schausteller Arnold Reintjes im „Schwarzen Adler" bei Valentin Hetzel einen Kinematographen aus den USA vorstellte.

Die Heimatzeitung berichtete, dass an zwei Tagen „lebendige Photographien in Riesengröße vollständig flimmerfrei in höchster Vollendung" zu sehen gewesen seien.

Die Verwandten von Heinz hatten ebenfalls in den langen Schlangen angestanden. „Aber ich hab doch Angst gehabt", sagt seine Mutter, die in ihrer dunklen Kittelschürze und der Haube auf dem Kopf am Kohleherd in der Küche sitzt wie in einem Gemälde aus lange zurückliegender Zeit.

In der Küche fühlt sie sich entschieden wohler als in einer Gaststätte bei Filmen über die Ermordung der Christen in China. „Der Vater ist auch nur einmal hingegangen." Und das reicht ihm offenbar.

Otto und Heinz geben ihre Gastspiele in Goch, der Stadt mit dem hohen Turm der Magdalena-Kirche und dem Steintor aus dem Mittelalter. Zunächst gastieren sie zur Kirmes und den beiden Flachsmärkten, bald schon unabhängig von den örtlichen Festen, die Höhepunkte im Jahreskalender sind. Skoetsch hat sich mit Franz Terörde, dem Wirt vom Bierstall, angefreundet, besser: geschäftlich angefreundet.

Für richtige, neue Freundschaften hat Otto vorerst keine Zeit, es muss ja voran gehen. Terördes Saal wird nun häufig zur zeitweiligen Niederlassung des Wanderkinos. Davon profitieren beide Seiten, denn das Filmfieber erfasst auch die kleine Stadt an der Niers, die in der Nähe der 80 Kilometer entfernten Industriestadt Mönchengladbach entspringt.

Zwei Jahre nach seiner Rückkehr aus Amerika zeigt Skoetsch ein besonders eindrucksvolles Programm. In einer Zeitungs-Anzeige bewirbt er den „Gocher Kinematograph", ein „Theater lebender Photographien".

In seiner zweistündigen Vorstellung gibt es „Maria Stuart, Schauspiel von Schiller, tragisches Ende der unglücklichen Königin von Schottland" – natürlich „prachtvoll dekoriert, sensationelle Aufnahme"; die Kurzfilme „Mandel-Eier (sehr komisch"), „Der Wasserträger (humoristischer Schlager)", „Die Strandräuber (bombastisch)", „Der Hexenschuss (sehr komisch)", „Der Patriot (aus dem amerikanischen Bürgerkrieg)" und „Das Luftschiff Parseval in Trümmern (hochaktuell)".

Die Rechnung des Kino-Direktors, wie Skoetsch sich jetzt immer nennt, geht auf. Die Vorstellungen werden ein großer Erfolg, die Besucher stehen Schlange. Seine kleinen blassblauen Augen blinken wie die Knöpfe einer Registrierkasse, wenn er am Abend mit Heinrich die Abrechnung macht. Für den Sperrsitz hat er 55 Pfennig, für den 1. Platz 35, für den 2. Platz 25 Pfennig (Kinder die Hälfte) genommen. Und seine schriftliche Hoffnung in der Zeitung („um recht zahlreichen Besuch bittet die Direktion"), hat sich mehr als nur erfüllt.

Auf der Landkarte seiner Gastspiele nimmt der kleine Ort an der holländischen Grenze bald einen bevorzugten Platz ein.

Das liegt vor allem am stetig wachsenden Stammpublikum bei den Vorstellungen. Es hat aber auch damit zu tun, dass Otto Skoetsch bei seinen Besuchen immer wieder mal bei Heinz Verhoevens Familie zu Gast ist. Dort trifft er beim Kaffee Heinz' Cousine Wilhelmine, eine große Frau mit dunklen Haaren, hochstehenden Wangenknochen und grünen Augen, wie er interessiert feststellt.

Auf solche Kleinigkeiten hat er bisher nicht geachtet, auch dafür schien keine Zeit zu sein. In drei Jahren Amerika hat er Frauen entweder als Kundinnen oder als Personal wahrgenommen, dabei ist es in Deutschland zunächst mal geblieben. Nun wird es anders, ganz anders.

Wilhelmine ist entschieden gesprächiger als ihre wortkarge und zurückhaltende Verwandtschaft. Und sie strahlt auch ein größeres Selbstbewusstsein aus – zumindest ein größeres als Tante und Onkel Verhoeven, die Eltern von Heinz.

„Ihre Eltern haben den größten Hof weit und breit", verrät Heinz, „und sie sind ziemlich angesehen. Deshalb glaubt sie manchmal, dass sie etwas Besseres ist." Das ist Otto noch gar nicht aufgefallen, er findet ihre offene Art eher entspannend im Kontrast zu der beobachtenden wortkargen Zurückhaltung, die er sonst auf dem Dorf erlebt.

Wilhelmines Vater ist ein großer Bewunderer des Kaiserreichs und der deutschen Nation, die auch eine Folge des siegreichen Krieges gegen Frankreich von 1870/71 ist. Er gehört selbstverständlich zum Kriegerverein und zum Pfälzer Heimatverein. Und seine Tochter ist nicht zufällig nach dem Kaiser benannt.

An Wilhelms Geburtstag trägt Wilhelmines Vater stolz seine Orden, und das Gesicht schaut mit feierlichem Ernst unter dem Zylinder hervor. Seit grauer Bart reicht bis auf den ordentlich gebundenen Krawattenknoten, und auf dem dunklen Anzug ist kein Stäubchen zu sehen.

Otto ist sehr angetan. Im Laufe der Monate und Jahre macht er immer häufiger seine Aufwartung – nicht nur beim Kaffee in Heinz Verhoevens Elternhaus. Und weil er selbstverständlich Blumen für die Mutter und Pralinen für die Tochter mitbringt, ist es der Familie ganz recht. „Er weiß, was sich gehört", sagt die Mutter, und der Vater nickt mit strengem Patriarchenblick.

Die Familie sieht mit der Zeit darüber hinweg, dass der Besucher aus Essen noch immer nicht sesshaft geworden ist und ausdauernd mit „seinem Kinozirkus", wie der Vater sagt, durch die Lande zieht. Die Familie ist schließlich doch angenehm beeindruckt von Ottos guten Manieren und noch mehr von seinem gut gefüllten Bankkonto, in das er mit erkennbarem Stolz Einblick gewährt.

Otto Skoetsch denkt da ganz ähnlich.

Er ist ebenso beeindruckt vom bäuerlichen Adel an sich

wie von dessen Wohlstand und gesellschaftlicher Stellung, die nicht zu übersehen sind in den respektvollen Gesten der Pfälzer um die Familie von Wilhelmine herum und dem für niederrheinische Verhältnisse großbäuerlichen Anwesen.

Schließlich glaubt Otto ebenfalls, so langsam mal zur Ruhe kommen und sesshaft werden zu müssen. Denn das Dasein als Wanderer zwischen den Märkten scheint einer Vertiefung seiner zarten Beziehung zu Wilhelmine noch im Wege zu stehen. Und das will er nicht, was ihn selbst überrascht. Diese Seite an sich lernt er gerade erst kennen.

Sie beunruhigt ihn allerdings nicht. Im Gegenteil.

10

DIE GOCHER LICHTSPIELE

Otto bleibt ein gern gesehener Besucher. Die halbe Stadt unterhält der weitgereiste Gast mit Geschichten aus Amerika. Und alle staunen, wenn er von den hohen Häusern spricht, die er mit Heinz gebaut hat. In Goch gründet er 1911 das Gocher Kinotheater. Er trotzt einem schweren Sturm und einem Brand und der Zerstörung seiner Geräte. So etwas bringt ihn nicht aus der Spur. Zwei Jahre nach der Theatergründung hat er sein eigenes Kino im eigenen Haus an der Brückenstraße – die Gocher Lichtspiele.

Den Gocher Dialekt versteht Otto Skoetsch immer noch nicht. Und den eigentümlichen Singsang der Pfälzer Siedler ohnehin nicht, auch wenn sich sein Freund Heinz alle Mühe gibt, bei den Besuchen auf dem Hof in Pfalzdorf den Dolmetscher zu spielen.

Er ist eine Art männliche Anstandsdame, die bei den Treffen von Otto mit seiner unterdessen angebeteten Wilhelmine allzu forsche Annäherungen verhindern soll. Das Gocher Platt kann auch er nicht übersetzen, es hört sich für ihn und für Otto sehr holländisch an. Und das ist es ja auch.

Die Gocher geben sich alle Mühe, mit Otto hochdeutsch zu sprechen – oder was sie für Hochdeutsch halten. Es kommt ihnen nur in zähen Knubbeln über die Lippen, und wenn sie sich in den Fallstricken von „das" und „was" und „mir" und „mich" verwickeln, dann kauen sie die Wörter mühsam und wie aus grobem Stein gehauen hinter dicken aufeinander gepressten Zähnen hervor. Es passt nicht zu ihnen, und sie sprechen es nur mit äußerstem Widerwillen.

Den stetig wachsenden Beziehungen zwischen dem Filmmann aus Essen und der Gocher Geschäftswelt tut es keinen Abbruch. Die Gocher hängen an seinen Lippen, wenn er von Amerika erzählt. Er braucht ja keinen Dolmetscher.

Amerika ist neben den Filmen und den Vorführgeräten und den Kinosälen sein liebstes Thema. Er spricht von den Häusern, die den Blick zum Himmel verstellen und sich nach innen zu biegen scheinen, wenn man mit dem Kopf im Nacken hochschaut, und er zeigt mit dem rechten Zeigefinger nach oben, wohin ihm artig die Blicke folgen, die da zwar keine Hochhäuser sehen, die aber bald überzeugt davon sind, zumindest mal welche gesehen zu haben.

Natürlich erwähnt er nebenbei, dass er an solchen Häusern mit Heinz gebaut hat – manchmal klingt es, als hätten die beiden einen ganzen Wolkenkratzer allein errichtet. Dem Eindruck tritt er auch nicht entgegen.

Er schildert die rasenden und laut rumpelnden Bahnen unter der Erde so anschaulich, dass sich seine Zuhörer beinahe die Ohren zuhalten müssen bei dem Krach, den sie zu vernehmen glauben. Und er redet über die hupenden Automobile auf den überfüllten, langen Straßen mit der Begeisterung eines Fremdenführers. Es ist wie Kino, nur dass die Bilder allein im Kopf entstehen und nicht vorher auf der Leinwand.

Seine blassen Augen strahlen. Und er wünscht sich, Wilhelmine könnte dabei sein, wenn er sein Publikum in der Wirtschaft in den Bann schlägt. Aber Wilhelmines Eltern haben etwas gegen Wirtschafts-Besuche gut erzogener Töchter. Im Wirtshaus sind die Männer unter sich. Und das ist auch gut so.

Otto beschließt, sich noch ein wenig zu gedulden.

Aber sesshaft wird er. 1911, fünf Jahre nach seiner Rückkehr aus den Vereinigten Staaten, gründet er im Saal von Julius Willemsen an der Mühlenstraße das „Gocher Kinotheater". Es ist ein geradezu großstädtisches Unternehmen, denn Skoetsch lässt die Filme zeitweise durch das Orchester der Gebrüder Schmitz begleiten.

„Besser", versichert der Theaterdirektor im dunklen Anzug voller Stolz, und er wird dabei gleich zwanzig Zentimeter größer, „besser ist es auch in Chicago nicht."

Die Gocher glauben das gerne, was bleibt ihnen übrig, und sie halten andächtig den Atem an. Die Vorstellungen sind große Erfolge, der Saal ist voll. Willemsen freut sich über eine ordentliche Miete, Skoetsch gehört zur guten Gesellschaft in der kleinen Stadt, und Wilhelmines Eltern sehen alles mit Wohlgefallen. Es scheint, als hätten alle etwas davon.

Doch die bösen Schicksalsmächte sind offenbar nicht so wohlgesinnt. Es gibt herbe Rückschläge. Willemsens Saal erleidet in einem schweren Unwetter, bei dem sich die Bäume an den Straßenrändern biegen wie Grashalme und die dunklen Wolken sich zusammenziehen wie beim Jüngsten Gericht, einen buchstäblichen Dachschaden. Skoetsch kann seine Ausrüstung vor schlimmeren Folgen bewahren, aber er muss umziehen.

Für eine Zeit ist wieder der Saal in Franz Terördes Bierstall am Steintor das Zuhause des ersten Gocher Kinotheaters. Aber auch dort bleibt es nicht.

Bei einem Brand werden Vorführgerät und Filme zerstört. Aber was viele um den Verstand gebracht hätte, weckt im Direktor nur zusätzlichen Kampfgeist. Er reist noch einmal nach Dresden und kommt mit viel besserem Gerät zurück. Dass er sich seine Ausrüstung gut versichert hat, bindet er nicht jedem auf die Nase.

Aber es spricht sich herum, und er lässt sich gern für einen weitsichtigen Geschäftsmann halten. Das mehrt den Ruhm, und es lässt die meisten schneller vergessen, dass die Anfänge seines Kinos auf der Kirmes lagen, so wie andere dort ein Karussell neben der Bude der Wahrsagerin betreiben.

Noch zweimal zieht er mit seinem Theater um – von Terörde zum Saal Ob gen Orth im Hotel Central und von da zur Wirtschaft Wildenhoff an der Kalkarer Straße. Dann ist er es leid. „Heinz“, sagt er, „ich brauche ein eigenes Haus.“

Er lässt sich vom Architekten Theodor Fenten Pläne für ein Lichtspielhaus zeichnen, kauft ein Grundstück an der Straße, die wegen der beiden Niersbrücken bald Brückenstraße heißen soll, und reicht 1912 den Bauantrag ein. Er fühlt sich nicht nur wie ein Pionier, er ist einer.

Bis zur Einweihung braucht er allerdings ein wenig Geduld, eine Tugend, über die Otto Skoetsch nicht in überreichlichem Maß verfügt. Aber er hält es aus – er hat ja keine andere Wahl.

Ende Januar 1913 ist er am Ziel – in immer noch rekord-verdächtiger Zeit. Die Gocher Lichtspiele werden eröffnet, und in einer Zeitungsannonce macht Skoetsch selbstbewusste Werbung: „Ich bringe stets ein erstklassiges Großstadtprogramm, täglich sechs Uhr, sonntags drei Uhr, erstklassige Musik, Zentralheizung."

Er kann sich das Selbstbewusstsein leisten.

Nicht nur das Publikum ist begeistert von so viel Fortschritt. Die „Gocher Zeitung" schreibt: „Nachdem die letzten Kinovorstellungen im Saal Wildenhoff erfolgt sind, ist heute die Eröffnung des Kinos Gocher Lichtspiele von Otto Skoetsch an der Brückenstraße mit 300 Sitzplätzen. Der Aufenthalt der Besucher ist durch bequeme Klappstühle und Zentralheizung ein recht angenehmer. Das reichhaltige Programm, das durch Musik unterstützt wird, hält die Besucher vom Anfang bis zum Schluss in Spannung. Die technische Vorführung der Bilder ist vollständig flimmerfrei, deutlich und klar, was bis jetzt vielfach bemängelt wurde."

Skoetsch ist gerade mal über 30 und ein gemachter Mann. Wenn Laemmle mich so sehen könnte, denkt er.

Er schreibt ihm einen Brief und berichtet von seinen Erfolgen. „Ich danke Ihnen, dass Sie mir den Weg gewiesen haben", schreibt Otto nach Chicago.

Laemmle antwortet umgehend: „Ich freue mich über Ihren Erfolg. Wir haben es doch beide gewusst. Ich habe inzwischen die Antwort auf Edisons unsäglichen Trust und seine Schläger gefunden. Wir haben „Independent Movie Pictures of America" gegründet, und wir verleihen mittlerweile die Filme. Das macht alles billiger. Vor zwei Jahren war ich mal in der alten Heimat und habe gesehen, dass dort alles gut voran geht. Das liegt auch an Menschen wie Ihnen. Gratulation. Ich überlege jetzt, aus Chicago wegzugehen an die Westküste. Dort ist das Wetter viel besser, man kann draußen drehen, und es kostet deshalb nicht so viel. Außerdem ist Mexiko ganz nah – wenn es mal Probleme geben sollte. Sie wissen schon.

Ihnen wünsche ich das erdenklich Beste.

In vorzüglicher Hochachtung

C.L."

Der Ort, an den Laemmle mit seiner Firma ziehen wird, heißt Hollywood. 1911 wächst Hollywood von 500 auf 5000 Einwohner, 1923 sind es bereits 130.000. Laemmle ist einer der wichtigsten Bürger, er hat auf dem Gelände einer ehemaligen Hühnerfarm die Universal Pictures gegründet, ein Unternehmen, das Weltruf erlangen wird.

Otto sieht das aus der Ferne, und er ist froh, ein Rad in diesem großen Getriebe zu sein, ein Teil der Geschichte. Ganz zufällig erwähnt er gelegentlich, dass er den großen Laemmle gut kennt. Es lässt ihn in der Achtung seiner kleinstädtischen Mitbürger erneut ein Stück wachsen.

Und das gefällt ihm natürlich auch.

11

DIE VERLOBUNG

Im Vierkanthof der Rockingers ist der Küchenboden schwarz und weiß gefliest. Besuch wird im Wohnzimmer begrüßt, wo ein Bild des Kaisers an der Wand hängt. Dort macht Otto seinen Heiratsantrag. Der Erste Weltkrieg bricht aus, der Hochzeitstermin wird verschoben, mitten im Krieg wird dann doch Hochzeit gefeiert. Auch wenn der Direktor an der Front ist, geht es dem Kino gut.

Die Familie Rockinger wohnt in einem großen Haus, an das zu den Seiten zwei Nebengebäude angebaut sind. Zusammen mit einer Backsteinmauer dem Haupthaus gegenüber bilden sie die vier Kanten für den Hof, der mit Pflastersteinen befestigt und von hohen Bäumen umgeben ist. Es sieht aus wie ein kleiner Wald im Feld und ist von weither zu sehen. Das zweiflüglige Hoftor in der Mauer steht meistens offen.

Die Nebengebäude beherbergen den Kuh-, den Schweine- und den Hühnerstall, eine große Waschküche und die Scheune. Das Wohnhaus hat eine riesige Küche mit einem offenen Abzug, unter dem der Herd steht, an dessen Seite das weiße Waschbecken, an den Stirnseiten Geschirrschränke und Regale, in der Mitte ein Eichentisch mit zehn Zentimeter dicker Tischplatte.

Der Boden ist schwarz und weiß gefliest. Die Holzmöbel sind mit den Jahren eingedunkelt und fast schwarz. Meistens isst die Familie hier mit den Knechten und den Erntehelfern, die in der Saison eingestellt werden. Große Schüsseln stehen dann auf dem Tisch, und es wird ordentlich zugelangt. Landarbeit macht hungrig.

Wenn Besuch kommt, wird der im Wohnzimmer nebenan empfangen. Es wird ebenfalls vom großen Tisch beherrscht, dessen Beine ebenso gedrechselt sind wie die Beine der zehn Stühle mit den roten Sitzpolstern – jeweils vier an den Seiten, einer am Kopf.

An der einen Wand steht der kunstvoll gearbeitete Schrank mit den geschliffenen Glasfenstern, hinter denen die Feiertagsgläser mit dem Goldrand aufgereiht sind und in dessen Unterschrank das Feiertagsgeschirr auf Regalbrettern gestapelt ist. Weil es wirklich nur an Sonn- und Feiertagen auf den Tisch kommt, wird es wohl ein Leben lang halten – oder länger, worüber sich dann die Erben freuen.

An der anderen Wand steht das Sofa aus schwarzem Holz mit rotem Samtbezug, passend zu den zehn Stühlen, davor ein niedriger Tisch mit hellen und dunkelbraunen Intarsien. Über dem Sofa hängt in einem dunklen Rahmen eine große Fotografie der Familie, auf der vor allem der Vater mit größtmöglicher Würde auf den Betrachter blickt. Der silberne Bart lässt ihn erscheinen wie einen Propheten aus dem Alten Testament. Und so will er das auch haben. Zumindest er selbst und der Fotograf sind hingerissen gewesen. Kommentare aus dem weiteren Familienbereich sind, wenn schon nicht erwünscht, dann zumindest nicht vorgesehen.

Daneben hängt ein Bild vom Kaiser, der ebenfalls ernst und feierlich dreinschaut über dem gezwirbelten Schnurrbart und mit seinem Platz im großen Bauernhaus offensichtlich ganz zufrieden ist.

Alles entspricht in Größe und Aufteilung auf alle Fälle dem Willen des Hausherren, dessen Ordnung der Welt so aussieht: „Zuerst Gott, dann die Familie, dann der Kaiser und das Vaterland." Und dass da, bitte sehr, niemand dazwischenredet, wenn der Vater spricht.

Otto Skoetsch hat sich mit dieser Ordnung nun schon einige Jahre vertraut machen können, weil sie Inhalt so mancher Sonntagsansprache ist. Und auch wenn er sie nicht in jeder Hinsicht teilt – zum Beispiel im Blick auf die Rolle Gottes, die ihm schon lange überschätzt scheint –, respektiert er sie natürlich und äußert keine Kritik.

Alles andere wäre ziemlich unklug. Und mangelnde Klugheit kann man ihm nicht vorwerfen, auf die Idee käme auch niemand. Außerdem bewundert er als Fachmann die Schönheit der Holzmöbel. So etwas hätte er früher auch gern gemacht, aber dafür war neben all der Hobelei und den groben Arbeiten kein Platz. Vielleicht später mal, tröstet er sich.

Seine beharrlichen Besuche machen ihn fast unbemerkt zu einer Art Familienmitglied, anfangs eher im Rang eines fernen, jedoch gerngesehenen Verwandten, mit der Zeit zu einem festen Bestandteil der Alltagsrituale zwischen Kaffeetrinken, Abendessen und einem späten Likör zum Abschied. Manchmal meldet er sich gar nicht erst an, so vertraut gehen Familie und Gast bereits miteinander um. Zu den Besuchen

leistet er sich eine Droschke, schließlich will er als Theaterdirektor etwas darstellen.

An einem bildschönen Frühlingstag, die Vögel singen in
den Bäumen mit lauter Stimme fröhliche Lieder, die ersten
Blumen rauschen nur so aus dem Boden, die Blätter an den
Bäumen, denen man beim Wachsen zusehen kann, zeigen
ihr tiefstes Grün, hält er um Wilhelmines Hand an.

Sein künftiger Schwiegervater brummt zufrieden seine
Zustimmung („ich dachte schon, das wird nie mehr was“),
die Schwiegermutter verdrückt gerührt ein Tränchen, das
in den Frühlings-Blumenstrauß fällt, den der Bräutigam mit-
gebracht hat, und die Braut hält zärtlich seinen Arm.

Dabei wird Otto mal wieder bewusst, dass sie ein Stück-
chen größer ist als er, deshalb rückt er schnell ein paar Zentimeter zur Seite, es muss ja nicht jedem auffallen, und es
entspricht auch nicht den gefühlten Größenverhältnissen.

Selbstverständlich muss er dem Schwiegervater Auskunft
geben über seine Vermögensverhältnisse, und damit ge-
winnt er erst recht die Zustimmung – wenn schon nicht die
des Herzens, dann doch die der Vernunft, eine Tugend, die
unter Großbauern verbreitet ist. In anderen Kreisen würde
man sie Geschäftssinn nennen.

Auch über die Mitgift wird selbstverständlich gesprochen,
und Otto kommt nicht an der Feststellung vorbei, nun endgültig auf der Seite der Gewinner zu stehen. Den Hochzeitstermin setzen sie auf den 28. Juli 1914 fest.

Dazu aber soll es nicht kommen.

Während die Brautleute dem Sommer entgegenfiebern,
Wilhelmine voll jugendlicher Ungeduld, romantischer Ge-

fühle und großer Liebe, Otto in ebenso ungeduldiger Erwartung seines endgültigen gesellschaftlichen Aufstiegs, haben die bösen Schicksalskräfte der Weltgeschichte mal wieder anderes im Sinn.

Die Majestäten der Weltmächte gefallen sich in lautem Säbelrasseln, und sie überbieten einander in Drohgebärden.

Am 28. Juni 1914 tötet ein serbischer Untergrundkämpfer in Sarajevo den österreichischen Thronfolger Franz Ferdinand und dessen Frau Gavrilo Princip, und das bietet den kriegslüsternen Generälen, Kaisern, Königen und Politikern auf allen Seiten den richtigen Anlass, endlich loszuschlagen.

Der Erste Weltkrieg bricht aus, weil Österreich Deutschland um Beistand gegen Russland bittet, das wiederum als neue Schutzmacht serbischer Unabhängigkeitsbestrebungen gilt. Frankreich und England werden schließlich Partei gegen Deutschland und Österreich, obwohl sich vor allem England einige Zeit ziert.

Politische Beobachter haben das schon lange erwartet, und auch Wilhelmines Vater ist nicht überrascht. „Ich bin zwar Großbauer, aber nicht dumm", sagt er nach dem Attentat von Sarajevo, „lasst uns die Hochzeit verschieben, bis dieses Scharmützel auf dem Feld geklärt ist."

Das ist weniger Vorschlag als Befehl.

Die regelrecht kriegsbesoffene kaisertreue deutsche Öffentlichkeit geht davon aus, dass der Krieg in Frankreich spätestens bis zum Ende des Jahres (natürlich siegreich) beendet sein würde, und sie hält die große, aber schlecht ausgerüstete und chaotisch geführte russische Armee für zu schwach, auf dem Feld irgendetwas zu bewegen.

Sie täuscht sich gründlich. Der Krieg wird zur blutigsten Schlacht der Geschichte, mit Millionen Toten, monatelangen Stellungsgefechten in matschigen Unterständen und einer verheerenden deutschen Niederlage.

Für Ottos Kino ist es eine Glanzzeit. Die Wochenschauen geben mit eindrucksvollen Bildern Berichte von der Front, der Erste Weltkrieg hat so nebenbei den neuen Beruf des Kriegsberichterstatters mit der Kamera erfunden.

Die Besucher strömen in ganz Deutschland in die Kinos, weil sie sehen wollen, was vor allem im fernen Frankreich an der Front geschieht. Die Zahl der Lichtspieltheater wächst von 2500 auf 3000. Täglich sehen 1,4 Millionen Besucher die Programme.

Für Otto selbst ist der Krieg eine Katastrophe. Er ist bei Kriegsausbruch zwar schon 33 Jahre und fällt damit nicht mehr unter die Wehrpflicht, die alle Männer zwischen 20 und 28 erfasst. Er wird dennoch eingezogen, weil die Generäle gar nicht genug Kanonenfutter ins vaterländische Gemetzel schicken können.

Während er in Frankreich an der Front im Schützengraben liegt, unvorstellbare Grausamkeiten erlebt und Menschen sterben sieht, die 15 Jahre jünger sind, betreiben sein Freund Heinz, der wegen einer Rückgratverkrümmung untauglich ist (ausgerechnet Heinz, ein Kerl wie ein Baum, denkt Otto), und seine Braut das Kino in Goch, das weit genug von der Front entfernt ist.

Die Stadt bekommt vom Krieg keinen Kanonendonner mit, aber die Folgen der Kriegswirtschaft. Zum Glück ist das Land ganz nah, da werden die Lebensmittel nicht so schnell knapp wie in den großen Städten, in denen schnell der Hunger herrscht.

„Es muss ja weitergehen", sagt Otto Skoetsch, als er den Zug an die Front besteigt – mit weit geringerer Begeisterung als die vielen jungen Männer, die laut jubelnd für Kaiser, Volk und Vaterland in die Schlacht ziehen und dort manchmal nicht eine Woche überleben.

Skoetsch hält den Kinobetrieb für einen ebenso wichtigen Beitrag zum Krieg wie den Einsatz an der Front, vor dem er sich gern gedrückt hätte. Dazu ließ ihm die verlässliche Bürokratie allerdings keine Gelegenheit. Selbst der Hinweis auf die unentbehrliche Bedeutung des Kinos verfängt an den zuständigen Stellen nicht.

Damit zumindest seine künftige Familie ebenfalls an die gesellschaftliche Bedeutung des Kinos glaubt und sie auf keinen Fall vergisst, während er mit dem Gewehr in den Händen der Entschlossenheit der deutschen Generalität Ausdruck verleiht, trägt er ihr vor der Abreise Aufsätze aus der Zeitschrift „Kinematograph" vor, die zur Pflichtlektüre der Kinobesitzer gehört:

„Das Theater (nicht das Filmtheater) hat seine Magie verloren. Wir wollen nicht den Traum, wir wollen die Wirklichkeit. Die allgemeine Unruhe, die sich des Publikums aus der Ungewissheit kommender Ereignisse heraus bemächtigt, findet einstweilen seinen Niederschlag in einem stark erhöhten Kinobesuch. Das Publikum harrt ungeduldig der definitiven Nachrichten. Hier ist die Wahrheit, das Kinobild bringt sie in alle Städte Deutschlands."

In seinen Gocher Lichtspielen zeigen die Wochenschauen Bilder, die von den Gräueln und schlimmsten Zerstörungen vorab gereinigt sind, deren Zeuge der Kinodirektor in seiner Wirklichkeit jeden Tag wird. Die Wochenschau poliert die Wahrheit, und das Kino ist, wenn schon nicht Hort der Träume, dann doch der Platz, an dem die Bilder Nachrichten machen.

Das hat auch praktische Gründe. Die Kameraleute können sich mit ihren großen Stativen nicht neben die Schützengräben stellen, jedenfalls dann nicht, wenn sie nicht völlig lebensmüde sind.

Deshalb filmen sie vorwiegend Bilder aus der Etappe, gut rasierte, lachende Soldaten in der Vorbereitung auf den Kampf. Nachtbilder von den Kämpfen fallen ebenso aus, weil die Filme nicht lichtempfindlich genug sind. Deshalb werden viele Szenen nachgestellt. Sie vermitteln die Botschaft: „Wir erledigen das hier, und wir sind spätestens zu Weihnachten wieder zu Hause. Macht euch mal keine Sorgen.“

Es wird schnell deutlich, dass daraus nichts wird – allen beschwichtigenden oder beschönigenden Bildern zum Trotz. Und weil immer weniger absehbar ist, wann diese Auseinandersetzungen beendet werden und ob es für Otto selbst ein gutes Ende nehmen wird, entschließen sich Skoetsch und sein Schwiegervater, die verschobene Hochzeit doch endlich zu feiern.

„Wir können ja nicht ewig warten“, sagt der Vater. Ewigkeit ist ein seltsamer Begriff in dieser Zeit des kontinentalen Mordens, in der ein Überleben bis zum nächsten Morgen weniger denn je gewiss ist.

Mit fast zweijähriger Verspätung gibt Otto im Heimaturlaub seiner Wilhelmine in der Pfalzdorfer Ostkirche vor dem Traualtar das Ja-Wort. Die Kirche hat vor einigen Jahren einen neuen spitzen Turm bekommen, und sie liegt außerhalb des langgestreckten Dorfs mitten in den Feldern.

Wilhelmine trägt ein strenges, blütenweißes Brautkleid, Otto sieht blass und nachdenklich aus im Frack, der um seine knochige Gestalt schlackert, mit dem Zylinder in der Hand. Für die Hochzeit hat er den Soldatenrock ablegen dürfen.

Seine Eltern sind aus Essen gekommen und stehen scheu und verloren dabei, Heinz ist sein Trauzeuge. Der Pfarrer wirkt beeindruckend groß aus in seinem schwarzen Talar, und er spricht mit lauter Stimme von einem guten Zeichen mitten in so schweren Zeiten.

Sein Bass hallt von den Wänden der Kirche zurück, die Hochzeitsgemeinde schweigt ergriffen. Hier und da werden Taschentücher bemüht, um der Rührung Herr zu werden.

Laemmle schickt ein Glückwunsch-Telegramm aus Amerika, das allgemein sehr bestaunt wird. Otto redet nicht über Frankreich, Sperrfeuer, Kanonendonner, Schreie, Wunden, Tod, Gestank und schreckliche Angst. Er weiß, dass es niemand hören will. Zu all dem schweigt er.

Der Krieg ist für diesen Tag weit weg. Er sperrt ihn selbst aus seinen Gedanken aus und wundert sich, dass so ein Gewaltakt tatsächlich gelingt. „Der Mensch ist schon ein seltsames Wesen“, denkt er.

Er verdrängt den Krieg erst recht, als pünktlich neun Monate nach der Eheschließung sein Sohn Karl das Licht der

Welt erblickt. Otto, der wegen einer Verwundung nach Hause darf, ist stolz, als er den kleinen fest gewickelten Kerl im Arm hält.

„Du wirst mal mein Erbe sein und auch Theaterdirektor, wenn diese schlimme Zeit vorbei ist", verspricht er ihm. Der Sohn antwortet darauf nicht, blickt aber wissend aus den hellblauen Augen, und für Otto sieht das ganz nach Einverständnis aus.

Im Kinoalltag kommt der Krieg allerdings wieder näher. Mit den Jahren eines immer brutaler und aussichtsloser werdenden Kampfes verändern sich die Botschaften. Wochenschau-Berichte werden nun von der obersten Heeresführung kräftig zensiert und dienen vor allem der Durchhalte-Propaganda des Militärs.

Skoetschs Theater zeigt Ende 1917 „Unsere Helden an der Somme". Da treten die deutschen Soldaten bei der Evakuierung von Zivilpersonen aus den Frontgebieten als fürsorgliche Besatzer auf, andere Bilder präsentieren ihre Siege bei der letzten großen Offensive nach Russlands Kriegsaustritt. Das untergehende Zarenreich hat nun andere Probleme als einen Weltkrieg mit langgestreckten Frontlinien.

Der Film von der Somme endet mit einer Aufnahme eines sehr kleinen Friedhofs und dem Text: „Wer den Tod in heiligem Kampfe fand, ruht auch in fremder Erd' in Vaterland." Der Rest ist Schweigen.

Sogar Otto sagt dazu ebenfalls nichts, auch wenn er es besser weiß.

Deutschlands Niederlage hinterlässt am Niederrhein ebenso wie im ganzen Land tiefe Depression. Die heimkehrenden Soldaten, die Versehrten, die Amputierten, die hinkenden. stammelnden, zitternden und blinden Opfer von der Front, das Bewusstsein über die vielen Toten, die von ihren Familien beklagt werden, lassen zunächst mal allen Nationalstolz in dunkler, bodenloser Trauer versickern. Es ist eine leise Zeit, sogar zum Weinen fehlt oft die Kraft.

Das Land ist am Ende, mit ihm die Kleinstadt Goch und das Dorf Pfalzdorf.

Ottos Schwiegervater hängt das Bild des Kaisers im Wohnzimmer ab. Für immer zeigt ein Schatten auf der Wand, wo es einmal gehangen hat. Die Kaiserzeit ist nun damals gewesen, und bis sie einmal wieder die gute, alte Kaiserzeit sein wird, dauert es noch sehr lange. Viel länger als das Exil von Wilhelm II. im holländischen Dorn, wo er seine weit bemessene Freizeit damit verbringt, mit dem gesunden rechten Arm wie von Sinnen Holz zu hacken.

12

DIE US-FILME UND
DIE MACHT DES KINOS

Es ist 1918, und sogar vom Gocher Rathaus weht die rote Fahne. Aber nicht lange, denn nach dem Ersten Weltkrieg wird das Rheinland von den Belgiern besetzt. Sie verbieten den Karneval und rationieren die Lebensmittel. Es herrscht Arbeitslosigkeit. Ottos Kino stellt sich auf die Sperrstunden ein, und erneut fliehen die Menschen vor der traurigen Wirklichkeit in den schönen Traum der Kinofilme. Die kommen meist aus den amerikanischen Filmfabriken. In Berlin wird das deutsche Gegengewicht gegründet, die Ufa.

Vor den Belgiern kam die rote Fahne nach Goch. Der Erste Weltkrieg war beendet, Kaiser Wilhelm II. hatte abgedankt und war ins holländische Exil gezogen, und in Berlin wurde die Weimarer Republik ausgerufen. Die alliierten Sieger beschlossen, das Rheinland zu besetzen und zu einer entmilitarisierten Zone zu machen.

Nur einen Tag später bildete sich nach einer Volksversammlung in Goch ein Soldaten- und Arbeiterrat, der bis zum Einmarsch der belgischen Besatzungstruppen das Kommando in der Stadt haben sollte.

Der Rat wurde vom Stadtverordneten Theodor d'Hone und dem Fabrikanten Josef Jeurgens angeführt. Ihm gehörten Johann Adams, Lambert Claassen, Ulrich Cloos, Wilhelm Heimes, Theodor Hiep, Wilhelm Knechten, Peter Litjes, Heinrich Rensing, Anton Tebest und Paul Tenhaef an.

Hinter wehender roter Fahne zogen die vorübergehenden Wahrer von Sitte, Anstand und Gesetz zum Rathaus, das sie besetzten wie einige Jahre zuvor der ungleich berühmtere Hauptmann das Rathaus von Köpenick. Sie wurden weder zu Film- noch zu Literaturhelden. Es ging ihnen auch nicht um die Plünderung der Stadtkasse wie dem Hauptmann von Köpenick.

Die Beamten, vor ein paar Tagen noch kaisertreu und der Monarchie verpflichtet, gehorchten nun artig den neuen Herren, denn auch der Regierungspräsident wies sie an, mit dem Rat zusammenzuarbeiten. Die örtliche Garnison versprach ebenfalls ihre Unterstützung.

Die Gefahr von Übergriffen, Diebstählen und Vandalismus bannte die Stadtregierung durch die Einsetzung von Polizisten. Sie waren an einer Armbinde zu erkennen. Und ihre Befugnisse waren erstaunlich. Wer beim Plündern oder Rauben erwischt wurde, sollte von einem Standgericht erschossen werden. Es ist kein Fall bekannt geworden.

Waffen mussten abgeliefert werden, das wurde selbstverständlich quittiert – es herrschte eben doch noch preußische Ordnung, selbst in der Niederlage. „Zivil und Militär werden aufgefordert, sich nicht unnötigerweise auf Straßen und Plätzen aufzuhalten. Jeder, einerlei ob Zivil- und Militärperson, muss seinerseits alles daran setzen, Ruhe und Disziplin zu halten", befahl der Soldaten- und Arbeiterrat.

Der Waffenstillstands-Vertrag schrieb darüber hinaus vor, dass zum 1. Dezember 1918 bis zwölf Uhr die linke Rheinseite von der holländischen Grenze bis Düsseldorf von deutschen Soldaten zu räumen war.

Die Garnison löste sich auf, es gab keine uniformierten Soldaten mehr in der Stadt. Streiks wurden verboten, an Werktagen ab 20 Uhr und Sonntagen ab 18 Uhr herrschte Sperrstunde. Die Folgen des Kriegs holten den Niederrhein nun richtig ein.

Das strenge Reglement war in den letzten Wochen des Jahres schlecht für Ottos Kino, aber offenbar gut für die innere Sicherheit. Denn es konnte weder von Aufständen noch von anarchischen Zuständen die Rede sein. Es geschah eher: nichts.

In Goch dachte niemand an die Ausrufung einer Räterepublik, wie das in München ein paar Monate darauf geschah. Und es gab auch keinen Matrosenaufstand wie in Kiel – wahrscheinlich schon deshalb nicht, weil es keine Matrosen gab.

Die Amtszeit des Soldaten- und Arbeiterrates dauerte knapp einen Monat. Dann errichteten die Belgier im Rathaus ihre Kommandantur, 400 Soldaten besetzten die Stadt und beschlagnahmten das Gesellenhaus in der Nähe der Pfarrkirche St. Maria Magdalena.

Auf allen Gebäuden wehte nun die belgische Flagge. Der Generalstab erklärte offiziell, die Belgier seien nicht als Feinde gekommen, sondern lediglich, um die Ordnung im Rahmen des Abkommens zum Waffenstillstand aufrechtzuerhalten.

Ihre Amtshandlungen ließen in der Bevölkerung starke Zweifel daran aufkommen, dass es sich hier lediglich um ordnungsliebende künftige Freunde oder wenigstens Partner handeln könnte. In den Dörfern rund um Goch beschlagnahmten die Besatzer auch ohne Berechtigungsscheine, sie erpressten Geschirr, Leder, Hufeisen, Eier, Butter und Kartoffeln.

Auch Ottos Schwiegervater verlor einige Hühner und eine Kuh an die Soldaten der Besatzungsmacht.

Mit der Zivilbevölkerung wurde hart umgegangen. Die Hohe Rheinland-Kommission verhängte Gefängnisstrafen bis zu einem halben Jahr und Geldstrafen für folgende Vergehen: Nichtgrüßen der belgischen Fahne, Verlassen des Gottesdienstes, bevor die belgische Hymne gespielt wurde, Betreten der Straße in der Nacht und Betreten der Straße ohne Personalausweis. Briefe ins unbesetzte Deutschland wurden verboten, die Uhren wurden nach belgischer Zeit eingestellt und eine Stunde zurückgesetzt.

„Wenn das alles nicht feindlich ist, dann weiß ich es nicht“, sagte Otto Skoetsch zu seiner Frau Wilhelmine. Aber er sagte es nicht laut, vor allem nicht außerhalb der eigenen vier Wände. Vorsicht war geboten. Denn es konnte ja sein, dass die argwöhnischen Belgier mithörten, das war sogar wahrscheinlich.

Überhaupt waren es leise Zeiten. Selbst den Karneval, der möglicherweise ein wenig von der Nachkriegs-Trübsal hinweggeblasen hätte und der im Kalender neben der Kirmes und den Flachsmärkten die Höhepunkte des Jahres bezeichnete, verboten die Besatzer.

Trotz der ländlichen Umgebung herrschte Mangel an Lebensmitteln, die streng rationiert wurden, 40 Gramm Butter waren pro Kopf und Woche gestattet. Und es gab wenig Arbeit.

Die Belgier hielten das für eine gerechte Strafe. Schließlich trug Deutschland in ihren Augen die alleinige Schuld am Krieg, das gemeinsame Säbelrasseln in allen anderen europäischen Ländern und die Bereitwilligkeit, 1914 in die Schlacht zu ziehen, als hätten alle nur auf das Startsignal gewartet, hatten sie vergessen.

Sieger vergessen nun mal schnell.

Der Bürgermeister schrieb in einem Bittbrief: „Die Stadt Goch hat infolge der Arbeitslosigkeit besonders große Auslangen für die Erwerbslosenfürsorge und für Notstandsarbeiten zu leisten. Es handelt sich um die Unterhaltung von vorläufig 650 Arbeitslosen. Die Zahl der Entlassenen steigt täglich, und die Verwaltung rechnet damit, dass im Laufe des Monats Februar etwa 800 bis 1000 Arbeitslose vorhanden sein werden.

Leider ist die Aussicht auf Beschäftigung dieser Leute sehr gering, da von der rechten Rheinseite kein Rohmaterial mehr nach hier rollt. Überhaupt ist die Behandlung der Fabrikanten des besetzten Gebietes seitens der Kriegswirtschaftsstellen in Berlin so wenig entgegenkommend, dass die Beschäftigung, besonders am linken Niederrhein, bald allgemein ins Stocken geraten wird.

Die Verwaltung der Stadt hilft sich so gut wie möglich mit der Ausführung von Notstandsarbeiten. Alle Auslagen für Notstandsarbeiten, Erwerbslosenfürsorge und Besatzung

werden die Mittel der Stadt binnen weniger Wochen erschöpfen, wenn nicht rechtzeitig nennenswerte Vorschüsse
seitens der Regierung überwiesen werden.“

Trotz der Not liefen die Menschen zunächst nicht zu den
extremen politischen Parteien, als endlich gewählt werden
durfte. Das sollte in der nächsten großen Not ganz anders
sein.

Die großen Parteien dieser ersten Nachkriegszeit waren
das bürgerliche Zentrum und die SPD. Bei den Wahlen zum
Preußischen Landtag wählten 2763 Gocher das Zentrum,
1150 die Sozialdemokraten.

In Pfalzdorf waren die Verhältnisse anders. 567 Stimmen
erhielt das Zentrum, 242 die Deutsche Volkspartei, 188 die
Deutsche Demokratische Partei, 108 die Deutsch-Nationale Volkspartei und nur 57 die SPD. Weder in der Familie Skoetsch noch in der Familie Rockinger wurde verraten, wer für
wen gestimmt hatte. Das war schließlich geheim.

Otto hatte sich derweil mit den Vorstellungsterminen auf
die Sperrstunden eingestellt. Und das Geschäft lief wieder
prächtig. Hunderte von Besuchern kamen in sein Theater,
pro Vorstellung, versteht sich. Und es hieß, dass bald ein
zweites Kino in der kleinen Stadt eröffnet werden sollte.

Schlechte Zeiten, dachte Skoetsch, sind gut für unser Geschäft, die Menschen wollen träumen und entführt werden
aus dem Alltag. Sie lassen die Sorgen, sie lassen die ganze
Welt für ein paar Stunden einfach draußen vor den Türen.

Manchmal vergessen sie, dass sie in einem Kinosessel
sitzen, und sind so gebannt, dass sie sich selbst nicht mehr
wahrnehmen, sie sind ganz erfüllt von dem, was von der

Leinwand in ihre Köpfe segelt, vielleicht, nein, ganz sicher auch in ihre Herzen.

Die Träume der Gocher Bevölkerung wurden zunächst vor allem durch Filme aus den Vereinigten Staaten befeuert. Die Filmfabrik Hollywood überschwemmte den deutschen Markt regelrecht mit ihren Produktionen. Und meistens gab es viel zu lachen.

Ganz so, wie sich das der deutsche Unternehmer Laemmle schon Anfang des Jahrhunderts ausgedacht hatte. Seine Universal Pictures waren eine feste Größe in der neuen Hauptstadt des Kinos, weil sie billig und schnell arbeiteten.

Er war der Erste, der wiedererkennbare Stars wie John Ford und Mary Pickford auf die Leinwand brachte, die bei größeren Studios später sehr reich wurden und den Zauber von der Leinwand in ihr eigenes Leben trugen, das sie vor den Augen der Öffentlichkeit inszenierten wie einen Film. Und Laemmle war der Erste, der seinen eigenen Namen in den Vorspann platzierte. Die Produktionen wurden persönlicher, und auch die Produzenten wurden zu Stars.

Weil nicht nur in Goch wahre Massen ins Kino strömten, reagierte früh die große Politik auf das neue Medium. Bereits in der Endphase des Kriegs forderte General Erich von Ludendorff ziemlich weitsichtig eine eigene deutsche Filmindustrie, „um eine planmäßige und nachdrückliche Beeinflussung der großen Massen im staatlichen Interesse zu erzielen".

Die Gründung der Universum Film AG (Ufa) entsprach also zunächst dem Interesse der Obersten Heeresleitung, die praktisch das Sagen hatte im ausgehenden Kaiserreich.

Ludendorff sah die „überragende Macht des Bildes und Films als Aufklärungs- und Beeinflussungsmittel". Die Mächtigen hatten einen neuen Zauberstab gefunden.

Ludendorff hatte wohl nicht erwartet, dass sich die große deutsche Filmindustrie bei der Ufa nach dem Krieg weniger propagandistischen als vielmehr künstlerischen Inhalten zuwenden und den Mächtigen vorerst den Zauberstab entwinden würde. Ernst Lubitsch drehte mit Ossi Oswalda seine Komödien, und Henny Porten wurde zum deutschen Star des frühen Kinos.

Die Filme boten Abwechslung und einen Ausstieg aus der tristen Wirklichkeit in eine ganz andere Welt, die bei jedem Kinobesuch auf der Leinwand und in den Köpfen entstand. Es war so, wie Skoetsch sich das vorgestellt hatte. Er fühlte sich bestätigt in seinen ersten Eindrücken aus Amerika und in seiner Entschlossenheit, dieses Geschäft zu betreiben. Er fühlte sich als Makler der Magie, der gerecht dafür entlohnt wurde.

Und wenn er am Zugang zur Kasse stand, dann glitt ein listiges Lächeln um seine kleinen Augen.

Dass sich im fernen Berlin angestrengte Wahrer der guten deutschen Sitten Gedanken um die geistige Gesundheit der Kinogänger machten, verscheuchte das Lächeln nicht. Eine 40-köpfige Kommission kam im Auftrag des preußischen Innenministeriums zwar zu dem Schluss: „Die größte Zahl der Filme dient der Schaulust, der Befriedigung der Neugierde, dem Totschlagen der kostbaren Zeit. Weder Geist noch Gemüt tragen Gewinn davon."

Doch Skoetsch wusste das erstens viel besser, weil er den

Zauber der Bilder noch immer in sich spürte und sich geistig durchaus angeregt fühlte, auch nach so vielen Jahren noch. Und selbst wenn es zweitens so wäre, wie die strengen Kommissionäre argwöhnten, hielt das nicht einen Zuschauer vom Gang ins Kino ab. Sie wollten über ihre eigenen Beweggründe nämlich gar nichts wissen.

Da ging es ihnen wie dem Kino-Direktor. „Sollen sie doch schreiben, was sie wollen“, urteilte er, „Hauptsache, die Leute interessiert es nicht.“

13

DAS THEATER – AUCH MAL GANZ WÖRTLICH

Das Lichtspiel-Theater ist manchmal auch Bühne fürs richtige Theater. Es gibt eine denkwürdige Vorstellung eines Sänger-paars aus Berlin. Ein Konkurrenz-Unternehmen wird gegrün-det, es heißt Central-Lichtspiele und nach dem Umzug an die Feldstraße Lichtburg. Otto ist überzeugt davon, das entschie-den prächtigere Haus zu haben. Und er weiß: Die Stadt ver-trägt zwei Kinos.

Die Gocher Lichtspiele zeigen nicht nur Filme. Schon im Krieg gibt es Kammerkonzerte des Infanterie-Regiments, dessen Ersatzbataillon in der Gocher Garnison unterge-bracht ist. Das Militär gibt sich einfach selbst die Erlaubnis dazu. Skoetsch kann nicht einschreiten, er liegt in Frank-reich. Und ein Einspruch hätte vermutlich auch keine Aus-sicht auf Erfolg.

Musikalisch geht es allerdings auch bei den filmischen Vorstellungen nach dem Krieg zu. Zahlreiche Streifen wer-den vom Stummfilm-Pianisten Karl Jacob begleitet, manch-mal spielt auch die Dreimann-Kapelle Toni Gellert-Wüst, Hermann Dickschen, Karl Jacob fürs Publikum verdeckt unten vor der Leinwand.

Sie geben dem Drama Ton und Klang, eine schöne Kunst, der so mancher Zuschauer später nachtrauern wird. Otto nicht, denn in ihm machen die Bilder die Musik – immer noch.

Trotzdem treten gelegentlich Sänger und Sängerinnen auf, die den Schauspielern eine Stimme verleihen. Die Musiker kommen aus den großen Städten, auch dort gibt es wenig Arbeit. Auf dem Land wohnt wenigstens die Aussicht auf vernünftiges Essen.

Einmal hat Skoetsch ein Sängerpaar aus Berlin verpflichtet, dessen Auftritt nicht ganz so gerät, wie sich das der strenge Theaterbesitzer ausgemalt hat. Als der Sängerin im dritten Akt des gemeinsamen Vortrags merklich die Luft ausgeht, protestiert das Publikum vor allem auf den billigeren Plätzen durch laute Zwischenrufe – es herrscht ein Krach wie in den Nickelodeons von New York.

Das alarmiert den Direktor, der sich seitlich der Leinwand vor dem geschlossenen Vorhang aufbaut und dort durch einen langen Schatten viel größer wirkt, als er in Wirklichkeit ist. Im zitternden Licht, das die Scheinwerfer auf den Vorhang werfen, fordert Otto Skoetsch die Sängerin auf, „gefälligst besser zu singen".

Die angegriffene Dame antwortet: „Das lasse ich mir nur von jemandem sagen, der etwas davon versteht." Und Otto entgegnet wiederum: „Dafür muss man nichts davon verstehen, man braucht nur zwei Ohren."

Das Publikum johlt, und es ist vom Streit begeisterter, als es vom Vortrag gewesen ist. Es hat beinahe den Anschein, als gehöre der Auftritt des Direktors ins Programm.

Der furchtlose Kollege aus Berlin ergreift allerdings die Partei der Sängerin: „Sie würde viel besser singen, wenn sie mal was Anständiges zu essen bekommen hätte. Aber sie hat seit vier Tagen kein Mittagessen gehabt, weil hier alles viel zu teuer ist. Von der kleinen Gage kann man sich das nicht leisten.“

Dazu fällt Otto nichts ein. „Machen Sie einfach weiter“, befiehlt er barsch.

Am nächsten Tag aber schickt er das Sänger-Paar mit freundlicher Empfehlung in einer Droschke zum Hof des Schwiegervaters nach Pfalzdorf. Das Mittagessen fällt sehr reichlich aus, es gibt Kartoffeln, kalten Braten und Kappes, zum Nachtisch Pflaumenmus. Über die weiteren Auftritte des Duos wird nicht mehr geklagt, die Sänger geben dafür keinen Anlass mehr.

„Du bist doch ein guter Mensch“, sagt Wilhelmine.

„Was hast du denn gedacht?“, sagt Otto.

Er kann sich gute Laune leisten, obwohl es mittlerweile Konkurrenz gibt, weil ein Kino offensichtlich nicht mehr genug ist für die kleine Stadt, die so sehr nach Ablenkung dürstet. Das hat sich schon in den ersten Monaten nach dem Krieg abgezeichnet.

Gerhard Hoffmann, ein kräftiger, großer Mann mit dunklem, auf der linken Kopfseite scharf gescheiteltem Haar und einem quadratischen Bärtchen unter der Nase, eröffnet im Saal von Hermann André an der Mühlenstraße die Central-Lichtspiele.

Später verlässt er den Saal der Gaststätte „In de Pomp“, baut ein eigenes Haus an der Feldstraße und nennt es „Lichtburg". Die beiden Gocher Filmtheater liegen damit einen (sehr kräftigen) Steinwurf voneinander entfernt, es sind gerade mal gute hundert Meter Luftlinie.

Otto bringt das nicht um die gesunde Nachtruhe, er bleibt gelassen. Und er richtet sein Haus weiter für die Zukunft aus. Ein Jahr bevor die belgischen Besatzer unter großem Jubel der Gocher Bevölkerung den Niederrhein verlassen, hat Skoetsch 1925 die aufwendigen Renovierungsarbeiten der Gocher Lichtspiele beendet.

Am Eingang schützt nun ein großes Vordach vor Regen, drei Säulen scheinen das dreieckige Dach zu tragen wie die Säulen in altgriechischen Tempeln ihre Dächer. Zwei große Fenster mit je vier Flügeln und Oberlichtern liegen im Obergeschoss über dem großzügigen Eingangsbereich. Ottos Gocher Lichtspiele sehen aus wie die vornehmen Theater der Zeit – wie das „Delphi", das zur gleichen Zeit an der Berliner Kantstraße in der Nähe des Kurfürstendamms gebaut wird.

Bei großen Vorstellungen schmückt eine Girlande aus Tannenbaum-Zweigen den Fuß des Dachs, vor dem Foyer stehen Buchsbäume, unter dem Dachfirst prangt der Schriftzug „Lichtspiele". Der Maler Pit Essers zeichnet zur Werbung die Köpfe der Hauptdarsteller auf große Plakate, die an der Front und der Seitenwand des Theaters hängen.

Manchmal geht Otto auf die andere Straßenseite und bestaunt stolz sein Haus. Besonders am Abend ist es beeindruckend, wenn es in Licht getaucht ist. „Wie in der Großstadt", findet Skoetsch. Und das ist nicht einmal übertrieben.

Dann erinnert er sich an kalte Nächte im stinkenden Zwischendeck der großen Amerika-Fähre, an harte Arbeitstage in der schreienden Hitze des Sommers und der klirrenden Kälte des Winters in New York, an das Zimmer mit Heinz und Fritz, den Iren und Italienern, an die Nickelodeons in New York und Chicago und an die Wanderjahre auf Jahrmärkten zwischen Essen und dem Niederrhein.

Dabei wird ihm beinahe schwindlig. Und er ermahnt sich: Sei nicht zu stolz.

Denn im Religionsunterricht in der Schule hat er gelernt: Hoffart kommt vor dem Fall.

14

WILHELMINES TOD

Es kann nicht immer nur vorwärts gehen. Das Schicksal hat eine harte Prüfung für Otto vorgesehen. Während das Kino floriert, erkrankt Wilhelmine schwer. Die Schläge des Lebens verarbeitet er durch Einsatz in seinem Unternehmen. Er kann nicht anders.

Otto Skoetsch sollte bald erleben, wie einen die Weisheiten des Religionsunterrichts einholen. Sogar ein demütiges Leben schützt nicht vor bösen Rückschlägen. Und er war nicht einmal sicher, ein demütiges Leben zu führen.

Er behauptete das zwar, aber er wusste natürlich um seinen Stolz, die kleinen Anfälle von Selbstgerechtigkeit, den Ehrgeiz und die Genugtuung, es allen gezeigt zu haben – den bangen, braven Eltern, dem skeptisch dröhnenden Schwiegervater, den hochmütigen Kleinstadt-Honoratioren, letzten Endes sich selbst.

Das musste er ja nicht bedauern, so weit käme das noch.

Es gab ein paar Täler, sicher gab es die. Öde Zeiten in der Schreiner-Werkstatt, die nicht enden wollten, Langeweile, die auf die Schultern drückte wie ein Sack Mehl, Aussichtslosigkeit im täglichen Essener Trott.

Die Wochen des Wartens auf die Überfahrt nach Amerika, immer wieder leise Zweifel, die harte Arbeit auf den

Wolkenkratzer-Baustellen bei Hitze und Frost, einsame Abende weit weg von der Heimat, wenn sich der Hals zuschnürte und Tränen in den Augenwinkeln lauerten, die er allerdings mit großer Kraft trocknete, bevor sie über das Gesicht rinnen konnten.

So einen Schmerz wollte er nicht zulassen, er hätte es als Verrat an den eigenen Plänen empfunden. Also schluckte er die Bitternis runter, notfalls mit Gewalt.

Die Wanderzeit, muffig riechende Pensionszimmer, die grauen Flecken auf den Kopfkissen von den tausend Köpfen, die da schon gelegen haben, die Last der abschätzigen Blicke fürs fahrende Volk, manchmal Angst, es doch nicht zu schaffen, die Zerstörung der Geräte durch Sturm und Brand. Der Krieg, in der Seele fest verschlossenes Grauen, über das er nie sprach und das ihn nur ganz selten in den Träumen aufschreckte.

Dann schoss er im Bett hoch, schweißüberströmt, zitternd und für Minuten orientierungslos. Das war der Preis, den er wie so viele zahlte für den Wahnsinn der Majestäten und ihrer Generäle.

Aber alles in allem war es trotzdem immer nur vorwärts gegangen. Nachdenklich machte ihn das nicht, er hielt es für den Teil eines großen Plans, für den er wenn schon nicht den lieben Gott, zu dem er spätestens seit den Kriegsjahren kein ungestörtes Verhältnis mehr hatte, dann zumindest eine höhere, wohlgesinnte Macht verantwortlich machte, die ihn durch die vielleicht vorherbestimmten Bahnen des Lebens trieb.

Meistens glaubte er, dass er es verdient habe, erfolgreich zu sein, nein, er war sich sicher, und dass er für seinen Mut lediglich den Lohn einfahre. Die anderen trauen sich eben nicht, sagte er sich, selbst schuld.

Der Anfang der 1920er Jahre bestärkte ihn in diesem Glauben. Trotz der belgischen Besatzung und trotz der neuen Konkurrenz durch die Central-Lichtspiele blühte das Geschäft. „Tarzan" eroberte die Leinwand der Gocher Lichtspiele, der „Golem" mit Paul Wegener in der Hauptrolle, der auch Regie führte, Albert Steinrück und Lydia Salmonowa sorgte für Angst und Schrecken im Parkett, wenn er riesig und mit wüstem Blick durch das alte Prag stapfte.

Charly Chaplins kurze Slapstickfilme waren das heitere Gegengewicht. „Tränen wurden gelacht", schrieb Otto in den Werbetext für die Zeitung, in der er sich mit seinem Konkurrenten Hoffmann regelrechte Annoncen-Schlachten lieferte. Sehr zur Freude der Zeitung natürlich.

Der Golem war nicht der einzige große Kunstfilm, der den Expressionismus kühner Künstler aus den Weltstädten, vornehmlich aus Berlin, ins kleine Goch brachte. Wilhelm Murnaus „Nosferatu" zeigte ein grausames Vampir-Wesen mit spitzen Rattenzähnen und langen Krallen, es zeigte auch dessen Verlorenheit in den scharfen Schatten der Zeit.

Skoetsch war davon ebenso gebannt, wie er es von den frühen, meist lustigen Filmen in seiner US-Zeit gewesen war. Der Nosferatu brachte aber noch mehr zum Klingen. Für Otto war es der Beweis, dass der Film auch in die dunklen Welten führen kann, in die ewige Nacht, die Furcht davor und mitten in die Gedanken eines einsamen Wesens, seine Verzweiflung, seine Not.

Bei solchen Filmen saß er selbst im Publikum, sie schlugen einen dunklen Ton in ihm an, den er noch nicht kannte, der ihn allerdings sehr faszinierte.

Ob das daran liegt, dass in uns allen das Böse lauert, fragte er sich, das Verworfene, eine Lust am Quälen und Gequältwerden, eine Ahnung von der Hölle. Er traute sich nicht, darauf die naheliegende Antwort zu geben.

Es war ein böser Zufall, dass Nosferatu am Anfang seiner schlimmsten Monate stand.

Denn Wilhelmine wurde krank. Es begann mit einem Husten, der sie nachts schon mal aus dem Bett trieb. „Nichts Ernstes", versicherte sie, wenn er sie fragte, ob er den Arzt holen sollte. Aber die Hustenanfälle wurden häufiger, sie bekam Fieber.

Und Otto brachte sie doch zum Arzt. Der schaute bedauernd über den Rand seiner Brille: „Ich fürchte, das ist die Tuberkulose, Schwindsucht, wie Sie sagen würden. Wir müssen Ihre Frau ins Krankenhaus bringen, die Krankheit ist sehr ansteckend."

Wilhelmine kam ins Wilhelm-Anton-Hospital, und wenn Otto sie besuchte, dann musste er hinter einem Glasfenster bleiben. Sie sprach nicht viel, weil das Sprechen anstrengend war und von Hustenanfällen unterbrochen wurde. Sie hielt dann ein Taschentuch vor den Mund. Den Inhalt des Tuchs verbarg sie vor seinen Blicken.

Er ahnte, was es war.

Manchmal brachte er den kleinen Karl mit, dem die Schwestern mit ihren Hauben, die ernsten Gesichter der Ärzte, die langen Gänge, die dunklen Türme und die hohen

Türen Angst machten. Und er verstand mit seinen fünf Jahren nicht, warum er nicht zu seiner Mutter konnte.

„Sie wird bestimmt bald gesund", sagte Otto, aber er glaubte es nicht, wenn er sah, wie ihre Wangen einfielen, die frische Farbe verloren, wie das Lächeln und die Zuversicht aus dem Gesicht verschwanden, wie sie selbst innerhalb von ein paar Wochen verschwand aus der Welt, aus seiner Gegenwart, aber nicht aus den Gedanken. Noch nicht.

Wilhelmine starb zehn Tage nach Karls sechstem Geburtstag. Sie wurde nur 32 Jahre alt. „Kommt Mama nicht mehr?", fragte der Sohn. „Sie ist jetzt im Himmel", antwortete Otto. Das sagten ja alle, und alle wollten es hören. Seine Augen verrieten jedoch, dass er an der Existenz des Himmels zweifelte. Mehr denn je.

Otto beerdigte sie auf dem Gocher Friedhof, auf dem Grabstein ist ein trauriger Engel zu sehen, dessen rechter Arm auf einem Sims liegt. Die Fläche der linken Hand hebt sich leicht, ein zartes Zeichen der Hoffnung. Trösten konnte es Otto nicht, den Steinmetz vielleicht, der stolz auf seine Arbeit war und damit seine eigenen Ängste vertrieb.

Vor dem Absturz in die schwarze Nacht bewahrte Otto die Arbeit. Das Kino lief, es musste laufen. Er verscheuchte die Schatten, indem er mit seinem Architekten die gründliche Renovierung seines Theaters vorantrieb, indem er das Programm plante, mit den Verleihfirmen korrespondierte und die Bücher kontrollierte.

Der Schmerz kam nicht an ihn heran, er ließ ihm keine Zeit dafür.

Und er blieb nicht lange allein. Seine zweite Frau Hilda

war ein Stadtkind, wenn man das über die Einwohner von Goch sagen kann. Sie wuchs mit dem Kino auf, und sie bewunderte den kleinen Mann mit den hellen Augen, aus denen immer so viel Energie leuchtete, jedenfalls dann, wenn er sich in die Öffentlichkeit begab und nicht am Schreibtisch saß und grübelte.

Als er ihre Schwärmerei bemerkte, war sie gerade 20 Jahre alt. Als er sie heiratete, war sie nicht einmal 21. Die Trauung fand in der Gocher Kirche am Markt statt, Otto wirkte ernst und entschlossen, ein bisschen grimmig sogar, und zum Essen ging es zum Hotel Rademaker an der Bahnhofstraße, dem ersten Haus am Platz.

Der Theaterdirektor wusste schließlich, was er der Gesellschaft und ihren Vorstellungen von Rechtschaffenheit schuldig war. Und auch wenn es ein niederrheinisches Hochzeitsessen mit Suppe, Suppenfleisch, Braten und Pudding gab, wurde sogar Sekt ausgeschenkt und erstklassiger Moselwein.

Ottos Eltern waren wieder aus Essen gekommen, sie saßen klein und ein wenig eingeschüchtert an der Kopfseite der langen Tafel neben ihrem Sohn und der neuen Schwiegertochter. Deren Vater, der Kaufmann Maier, hielt eine Rede, in der er davon sprach, eine Tochter verloren, aber einen Sohn gewonnen zu haben, die unendliche Variation des einen Brautvater-Themas, und er strich sich über den kunstvoll an den Enden nach oben gezwirbelten Schnurrbart, der aussah wie aus der Kaiserzeit. Und er stammte auch aus der Kaiserzeit. Nicht jeder hatte dem Monarchen abgeschworen.

Seine Frau weinte lautlos und herzlich. Ottos frühere Schwiegereltern waren ebenfalls eingeladen. Der Kummer hatte sie grau und stumm gemacht. Die Schultern des ehemaligen Schwiegervaters waren eingefallen, er lief gebückt, und der strenge Hochmut in seinem Blick war von unendlicher Trauer abgelöst.

Otto war überzeugt davon, dass die früheren Schwiegereltern ihm die schnelle Wiederverheiratung übelnahmen. Er sprach jedoch nicht mit ihnen darüber, und er vermied es, sie während der Hochzeitsfeiern anzusehen, damit ihn das Gift der Trauer nicht traf.

Es muss doch weitergehen, dachte er. Und ich kann mich ja nicht auch noch um den Haushalt kümmern.

Die meisten Gocher dachten da ähnlich.

15

DIE CYANKALI-KRISE UND DIE FEHLENDE LIZENZ

Das Goli zeigt „Metropolis" von Fritz Lang. Otto ist begeistert. Damit steht er allerdings ziemlich allein da. Dann kommt der Tonfilm. Die zuvor völlig unbekannte Marlene Dietrich wird in „Der Blaue Engel" über Nacht zum großen Star. Und Skoetsch darf sich dafür feiern, als einer der ersten Kinobesitzer in Deutschland auf den Ton gesetzt zu haben. Wieder einmal hat er das richtige Gespür. Beim Film „Cyankali" hat er es nicht. Die hohe Geistlichkeit geht gegen den Film auf die Barrikaden, die in diesem Fall auf der Kanzel stehen.

Der Stummfilm findet seine künstlerische Vollendung in den 1920er Jahren, werden die Kinokritiker später sagen. Fritz Lang schickt seinen diabolischen „Dr. Mabuse" ebenso auf die Leinwand wie seinen bahnbrechenden Blick in die Zukunft in „Metropolis".

Er zeigt Städte einer fernen Welt mit riesigen Häusern, Fahrbahnen auf verschiedenen Ebenen und eine Gesellschaft, die in zwei Teile zerfallen ist; einen, der im Luxus der ewigen Gärten alle Wohltaten genießt, einen anderen, der in riesigen Fabriken für die Oberschicht schuftet und lebendiger Teil der Maschinen wird.

Zu Ottos Zeit kommt der Film nicht so richtig an. Skoetsch zeigt ihn im Goli, aber das Publikum ist befremdet von der merkwürdigen Flut der Bilder, den Schnitten und den ungewöhnlichen Figuren. Es ist ihm zu viel Kunst. „Da könnte ich ja auch ins Museum gehen", sagen viele.

Sie sind sich ausnahmsweise mal einig mit den Filmkritikern der späten 1920er Jahre. Der Gocher Kinodirektor gehört zu den wenigen, die von „Metropolis" so begeistert sind, dass sie den Film mehrmals anschauen.

Aber weil die Gunst der Zuschauer nun mal über den Erfolg im Geschäft entscheidet, läuft der Film nur ein paar Tage. So geht das in ganz Deutschland. Die Ufa hat offenbar viel Geld in den Sand gesetzt. Otto findet das sehr bedauerlich. Fritz Lang sicher ebenfalls.

Dann kommt der Tonfilm, eine wahre Sensation, von der zunächst nicht alle Studios überzeugt sind. Vor allem die großen Leinwandhelden der Stummfilmzeit haben Mühe, sich in neuen Darstellungswelten zurecht zu finden.

Sie haben gelernt, mit großen Gesten, rollenden Augen und reichlich Körpereinsatz Gefühle und Stimmung auf die Leinwand zu bringen. Ihre Filme sind das ganz große Theater. Nun müssen sie sich zurücknehmen, die Gesten drosseln, sich selbst einschränken, und sie müssen sprechen.

Nicht jeder bringt dafür die notwendige Begabung mit, manche wollen es nicht einmal.

Marlene Dietrich schon, sie will sprechen, sie will singen, sie will spielen, und sie kann alles. Sie wird der erste große Star des deutschen Tonfilms. Als Sängerin Lola in Josef von Sternbergs „Der Blaue Engel" verzaubert oder verhext sie nicht nur den von Emil Jannings gespielten Gymnasialprofessor Immanuel Rath, sondern das ganze Kinopublikum.

Ihr Lied „Ich bin von Kopf bis Fuß auf Liebe eingestellt“, das ihr der große Filmkomponist Friedrich Hollaender auf den Leib geschrieben hat, lässt das männliche Publikum dahinschmachten. Professor Raths wahnhafte Beziehung zur Sängerin und sein Absturz lässt es schließlich vor den eigenen Begierden wohlig gruseln.

So ist das auch im Goli, das als eines der ersten deutschen Kinos auf den Tonfilm setzt. Otto Skoetsch hat geahnt, wohin sich das Geschäft entwickeln wird – wieder einmal, und er beglückwünscht sich zu seinem sechsten Sinn.

Er fühlt sich an seine erste Begegnung mit dem Medium Film erinnert. Auch in den Nickelodeons von Amerika hat er die Bedeutung gespürt, es ist wie ein Feuer, das in seinem Inneren angezündet wird. So begegnet ihm auch der Tonfilm. Otto, der Mensch, der in den Bilderwelten versinken kann, erlebt eine neue Faszination, die eine andere Ebene eröffnet.

Bedenken gegen den Tonfilm lässt er gar nicht erst zu. Er ist längst so von sich und seinem richtigen Gefühl überzeugt, dass er Einsprüche nicht einmal zur Kenntnis nimmt.

Das betrifft alle Bereiche des Geschäfts. Und so hört er auch nicht zu, als ihn sein Schwager Erich Maier, inzwischen sein Vorführer, davor warnt, den Film „Cyankali“ ins Programm zu nehmen. „Otto“, warnt Maier, „da wird doch für Schwangerschaftsabbrüche geworben. Das kannst du in Goch nicht zeigen.“

Skoetsch wischt den Einwand weg: „Es geht doch nur um Aufklärung, der Film erzählt eine Geschichte, ein Drama, niemand wirbt für Schwangerschaftsabbrüche. Das ist doch Unsinn. In den großen Städten ist Cyankali gut gelaufen."

„Ja, in den großen Städten, aber du bist hier auf dem Land." Maier, ein großer Mann mit kleinem Kampfgeist, erreicht seinen Chef und Schwager nicht. „Cyankali" läuft.

Aber nicht lange. Denn diesmal schreitet die hohe Geistlichkeit in der kleinen Stadt entschlossen ein. Auf den Kanzeln erheben der katholische und der evangelische Pfarrer, die ansonsten in herzlicher gegenseitiger Abneigung verbunden sind, in ungewöhnlicher Einigkeit mahnend den Zeigefinger – dafür heißt er ja Zeigefinger, damit man aufs Unheil zeigen kann.

Sie geißeln mit donnernder Stimme und tief betrübter Miene die „unerhörte Propaganda für den Mord an werdendem Leben".

Vor allem der katholische Pastor Jakob Brimmers tritt der verderbten Kinowelt tapfer entgegen. Nicht nur auf der Kanzel in der großen gotischen Maria-Magdalena-Kirche, dem Wahrzeichen der Stadt.

In der „Gocher Zeitung" wird seine Erklärung abgedruckt: „Seit Dienstag läuft in dem Lichtspielhaus Brückenstraße der Film Cyankali § 218. Gegen den Film, der die Abschaffung des § 218 (Schutz des keimenden Lebens) zum Ziele hat, wurde schon in dieser Zeitung Stellung genommen.

Wir Geistliche fühlen uns veranlasst, gegen die Aufführung dieses Films scharf zu protestieren und erwarten von jedem christlich denkenden Menschen, dass er den Besuch solcher Aufführungen, die die Grundlagen des Christentums zerstören helfen, unter allen Umständen meidet. Auch Neugierde entschuldigt nicht."

Während er das schreibt, trägt er natürlich kein flammendes Schwert der Gerechtigkeit in seinem Arbeitszimmer, aber er stellt es sich vor. Später wird er für so viel Widerstandskraft gegen teuflische Werke zum Dechant ernannt. Gesehen hat er den Film natürlich nie.

Der heilige Zorn der Geistlichkeit findet Gehör bei den staatlichen und städtischen Wahrern von Sitte und Anstand. Der Film wird abgesetzt.

Otto klagt in der „Gocher Zeitung" über diese Ungerechtigkeit, das Wort himmelschreiende Ungerechtigkeit benutzt er lieber nicht, diese Sphären überlässt er anderen, die sich damit besser auskennen. „Ich habe nun seit Monaten keinen Gewinn mehr gemacht", sagt er, weil er den Film nicht zeigen darf und ihm das Publikum zur Konkurrenz davonläuft.

Es ist zwar nicht sein einziger Film, und Monate dauert der Gewinneinbruch auch nicht, aber es muss gelegentlich eben ein bisschen übertrieben werden. Und weil er gerade dabei ist, macht er die Zeitung mitverantwortlich für fehlende Umsätze. Seit dem 19. September 1930, dem Start des Tonfilms im Goli, „wurden von 42 Programmen, die alle künstlerisch wertvoll und volksbildend waren, nur vier Programme in der Gocher Zeitung vorgestellt". Er hat sehr genau mitgezählt. Aufs Zählen versteht er sich. Und er verzählt sich nie.

Der Direktor ist tief enttäuscht von so viel mangelnder Einsicht in das Wesen des Kinos, seine gesellschaftliche Bedeutung und die Pflicht der lokalen Zeitung, den Verbreitern von Kunst und Aufklärung tätig beizustehen. Er fühlt sich verlassen, und das ist nicht schön. Nein, es ist überhaupt nicht schön.

Er ist natürlich ebenfalls bitter enttäuscht darüber, dass er der Verleihfirma eine vertraglich vereinbarte Prämie zurückzahlen muss, weil der Film nicht die geforderte Zeit gelaufen ist. 200 Mark werden das schließlich, eine ordentliche Summe.

Mit seinem Unmut hält er nicht hinter dem Berg. „Die Behörde macht mir das Geschäft kaputt", schimpft er, und er verweist mit scharf blitzenden Augen darauf, „dass der Film die Zensur durchlaufen hat. Niemand hat ihn verboten, nur die Besserwisser in diesem Nest. Wäre ich doch in Essen geblieben".

Sein Kopf ist rot vor Zorn, und wer es wagt, ihm begütigend die Hand auf den Arm zu legen, der wird wütend weggeblitzt und mit einer unwirschen Bewegung bestraft. Skoetsch reißt seinen Arm regelrecht weg. Seine Frau kann da nur still den Kopf schütteln. „Otto, Otto, das geht nicht gut."

Es geht auch nicht gut. Denn die Behörde gibt sich fortan alle Mühe, ihren neuen Widersacher mal so richtig einzuschüchtern. Es kommt ihr gerade recht, dass sich ein sehr heimlicher Zeuge findet, der behauptet, Skoetsch habe gar keinen gültigen Vorführschein für sein Kino, die Behörde wittert einen echten Skandal.

In einem Brief an die Polizeiverwaltung Goch schreibt der Verband Deutscher Lichtspielvorführer als Organ des unbekannten Informanten: „Wie wir in Erfahrung bringen, beschäftigt der bereits 1929 wegen Vergehens gegen das Lichtspielgesetz bestrafte Lichtspieltheaterbesitzer Otto Skoetsch seit sechs Monaten keinen geprüften Vorführer. Er behauptet allerdings, selbst ein Zeugnis zu besitzen, wozu wir bemerken möchten, dass es sich zweifellos um eine heute nicht mehr gültige Ausgabe oder überhaupt um kein ordnungsgemäßes Zeugnis handelt. Darüber hinaus ist nicht anzunehmen, dass er während der ganzen Spielzeit im Vorführungsraum anwesend ist, da er dort seinen Schwager Erich Meier beschäftigt. Wir bitten um gefällige Nachprüfung und eine kurze Mitteilung an uns über Ihre Maßnahmen.“

Otto schäumt. „Was wissen die denn? Die hatten ihren Verband noch nicht gegründet, da habe ich schon vorgeführt, diese Paragraphen-Reiter und Denunzianten. Den blöden Schein habe ich seit 1924, und außerdem heißt mein Schwager Maier mit „a“ und nicht Meier mit „e“. Nicht mal das kriegen sie hin, diese Kleingeister und Analphabeten.“

Es hilft ihm nichts. Das Gocher Amtsgericht verurteilt ihn wegen Vergehens gegen das Lichtspielgesetz in zwei Fällen zu einer Strafe von je 50 Mark. Vorführer Maier mit „a“ soll die Hälfte zahlen. Zähneknirschend fügen sich beide, bei Nichtzahlung drohen schließlich zehn Tage Gefängnis, und das ist es nicht wert. Wer soll dann im Kino stehen?

Ottos Kampfgeist aber erlahmt nicht, da hätten sie ihn besser kennen müssen. Bei seinem Konkurrenten in der Lichtburg gastiert 1932 wöchentlich das Rheinische Volkstheater mit Operetten. „Wenn ich schon meinen Vorführschein nachweisen muss, dann muss die Lichtburg eine Genehmigung für dieses Theater haben", sagt er zu Hilda, „und die hat der Hoffmann nicht. Das weiß ich zufällig." Und diesmal ist er es, der anschwärzt.

Er beschwert sich beim Bürgermeister. „Das hiesige Gewerbe und der Wirtestand haben es schon besonders schwer mit ihrer Existenz", schreibt er ihm. Neben der Tatsache, dass die Lichtburg gar keine Konzession für Theateraufführungen habe („dafür braucht man einen Eisernen Vorhang, genügend Spielfläche und Garderoben – nach Geschlechtern getrennt, was nicht der Fall ist"), verliere er 500 mögliche Kunden im Goli, die zur Operette gegangen sind und sich nun keinen Kinobesuch mehr leisten können. Und: Er beschwere sich nicht aus Boshaftigkeit gegen die Konkurrenz, so eine niedere Geisteshaltung sei ihm völlig unbekannt, sondern „aus reinem Selbsterhaltungstrieb. Ich bitte daher um das Verbot der Aufführungen".

Auch hier lässt ihn die Stadt allerdings auflaufen. Der Bürgermeister stellt fest, dass die Lichtburg alle baupolizeilichen Anforderungen erfülle. Otto Skoetsch hört das Blut in den Ohren rauschen, die Augen wachsen ihm beinahe aus den Höhlen.

„Otto, es hat doch keinen Sinn, sich so aufzuregen", sagt Hilda, die fürchtet, dass ihn der Schlag trifft. „Was weißt du schon, was einen Sinn hat", grummelt Otto.

Er zeigt den „Blauen Engel" zum zweiten Mal, das Goli ist mehrmals ausverkauft.

Das Rauschen in seinen Ohren nimmt ab, der Pulsschlag ist regelmäßig.

16

NAZIZEIT UND VOLKSERZIEHUNG

Otto glaubt, dass die Nationalsozialisten eine vorübergehende Laune der politischen Geschichte sind. Er täuscht sich sehr. Auch in Goch bricht das Tausendjährige Reich an. Und Skoetsch will es sich bei aller Skepsis mit den neuen Machthabern nicht völlig verscherzen, das wäre schlecht fürs Geschäft. Sein Widerspruch findet, wenn überhaupt, hinter verschlossenen Türen statt. Sein Sohn Karl muss in den Krieg, Otto lässt ihn nur ungern ziehen.

Die Nazis haben es zunächst mal nicht leicht in der kleinen Stadt, auch bei Otto Skoetsch nicht. Er findet sie laut und primitiv, und wie die meisten Gocher beobachtet er sie mit großer Zurückhaltung. Wie die meisten Gocher protestiert er allerdings auch nicht mit Nachdruck. Es ist ihm alles viel zu blöd.

Er registriert mehr am Rande, wie sich der NSDAP-Bezirksleiter in seinem Büro an der Weezer Straße niederlässt, wie er mit wichtiger Miene und in brauner Uniform mit Hakenkreuz-Binde durch die Stadt stolziert.

Seit Mitte der 20er Jahre ist er schon ein Teil dieser Stadt, wenn auch eines, das geflissentlich übersehen oder als eine Art wunderlicher Randerscheinung betrachtet wird. Für eine Gefahr hält ihn niemand.

Früher ist der Partei-Bezirksleiter Bezirksaufsichtsbeamter bei der Post in Wuppertal gewesen, so etwas wie ein Spitzel in staatlicher Funktion, das war wohl so etwas wie ein Empfehlungsschreiben für die spätere Karriere in einer Partei, in der Misstrauen, Ausspionieren und Kontrolle hoch im Kurs stehen.

Auf seiner Krawatte steckt das Coburger Ehrenabzeichen, er ist kurz nach dem Krieg bereits mitmarschiert bei SA und Partei. Deshalb hält er sich für einen ganz großen Parteifunktionär, selbst wenn ihm das Ansehen in der Stadt anfangs verwehrt bleibt. An den Gocher Aufmärschen, die er organisiert, beteiligt sich gerade eine Handvoll Männer. Vorerst.

Otto sagt zu Hilda: „Das sind Lümmel, die herumschreien, weil sie im Leben nichts geschafft haben. Das geht vorbei, ganz schnell." Er täuscht sich gründlich, wie so viele.

Der große Zusammenbruch der Börse in den USA, ein Ereignis, das Otto tief erschüttert in seinem Glauben an die alles heilende elementare Kraft der amerikanischen Wirtschaft, spült die Nazis schließlich doch an die Macht. Sie sind sehr gut vorbereitet und voller Hass auf jene, die ihnen die Macht nicht zugetraut haben.

Die Wirtschaftskrise hat auch in Goch Folgen. Die Schuhfabrik Sternefeld, ein bedeutender Arbeitgeber mit 560 Beschäftigten, rutscht in den Konkurs, der jüdische Firmenchef Hermann Sternefeld begeht aus Scham Selbstmord, sein Bruder Fritz und sein Cousin Wolfgang Sternefeld werden wegen Konkursvergehens zu Gefängnisstrafen von je acht Monaten verurteilt.

Ihr Unternehmen wird an die holländische Firma Schijndel in Walwijk verkauft. Den Preis streichen die neuen Machthaber ein. So machen sie das überall. Es fällt ihnen niemand in den Arm. Dafür ist es schon zu spät.

Fritz Sternefeld wird kurz nach der sogenannten Machtergreifung 1933 in Schutzhaft genommen, wie das die Nazis nennen. Er verschwindet – wohl im Konzentrationslager Dachau, so genau weiß das niemand.

Otto Skoetsch bekommt das natürlich mit, von Konzentrationslagern hat er aber noch nichts gehört. Die Familie Sternefeld kennt er, weil er sich wie sie zur besseren Gesellschaft zählt. Ein bisschen hat er sie immer darum beneidet, in der Stadt schon so lange zu den Honoratioren zu gehören.

Er glaubt, die Angehörigen der Familie hätten deshalb ein wenig auf ihn herabgesehen, den Zugereisten, den ehemaligen Wander-Schausteller, der mit seinem Kino in kurzer Zeit so viel Geld gemacht hat, während sie das alte Geld haben und eine lange Familiengeschichte – sie sind fast so etwas wie der Kleinstadt-Adel.

Gesagt haben sie das jedoch nie. Und sie sind ja auch ins Kino gekommen – sogar zu den künstlerischen Filmen. Nun gehören sie von heute auf morgen nicht mehr dazu, sie dürfen nicht mehr dazu gehören.

Stört es ihn? Vielleicht. Bringt es ihn auf? Möglicherweise. Äußert er sich dazu? Allenfalls hinter der sorgfältig verriegelten Tür, wenn er Hilda und seinen Sohn Karl ermahnt: „Wir müssen ein bisschen vorsichtiger sein." Auf dem Marktplatz stellt er seine Bedenken nicht aus. Da ist er nicht anders als die meisten anderen, die sich wegducken – manchmal in der Hoffnung, dass der Spuk schnell enden möge, manchmal wie Kinder, die glauben, das etwas verschwindet, wenn man nur nicht so genau hinschaut.

Otto arrangiert sich mit den neuen Machthabern, die in erstaunlich kurzer Zeit die kleine Stadt dominieren. Widerstand gibt es nicht offen, allein hinter vorgehaltener Hand und von denen, die sich bei den Aufmärschen zurückhalten und eine Form der inneren Emigration pflegen.

Das sind einige, aber Widerstandskämpfer kann man sie nicht nennen und wird man sie auch nie nennen. Sie werden es selbst nie tun. Zu Widerstandskämpfern ernennen sich am Ende vor allem die Mitläufer, die dann schon wieder in den Startlöchern stehen für ihre Rolle in der neuen Zeit. Otto sagt: „Man muss ans Geschäft denken." Und das tut er.

Er öffnet der Partei sein Kino zur Vorführung von Propaganda-Filmen. „Was bleibt mir denn übrig?" Vor allem die Hitlerjugend wird auf den Kinosesseln für ein Tausendjähriges Reich geschult, und Otto Skoetsch achtet streng darauf, dass es im Saal diszipliniert zugeht. In dieser Hinsicht haben die Nazis einen sehr geeigneten Gastgeber für ihren Unterricht gefunden.

Er ist klein, aber Respekt einflößend, und er kann einen Raum mit seiner Anwesenheit füllen. Die Kleinstadt-Jugend steht vor ihm so stramm wie vor ihren Vorgesetzten mit dem Hakenkreuz auf der Armbinde. Das findet Otto selbst ganz gut.

In Berlin haben Joseph Goebbels, für den das Amt des Ministers für Volksaufklärung und Propaganda erfunden wird, und der dämonische Reichskanzler Adolf Hitler die Macht des Films längst erkannt. Sie sind begeisterte Anhänger der amerikanischen Produktionen, Hitler liebt Micky-Maus-Filme. Das weiß jedoch nur der innere Kreis.

In die Kinos lässt Goebbels selbstverständlich nur deutsche Produktionen bringen. Er setzt dabei jedoch anders als die Partei an sich, die das Land mit lärmenden Parolen überzieht, auf Filme, die die menschenverachtende Botschaft der Nazis in vergleichsweise feinere Formen gießen.

Dramatische Handlung ersetzt platte Parolen. Die Wirkung geht viel tiefer. Sie zielt dahin, wo der berühmte Arzt und Forscher Sigmund Freud das Unbewusste verortet. Goebbels kennt die Theorien, und er bedient sich in der Praxis. Dass Freud Jude ist, stört Goebbels nicht – zumindest am Schreibtisch stört es ihn nicht.

„Jud Süß" des Regisseurs Veit Harlan, der selbstverständlich im Goli gezeigt wird, ist das herausragende Beispiel aus der Filmwerkstatt des klumpfüßigen Propaganda-Ministers aus Rheydt am Niederrhein.

Erzählt wird die Geschichte des jüdischen Finanzbeamten Joseph Süß Oppenheimer, der Mitte des 18. Jahrhunderts in Stuttgart hingerichtet worden sein soll und dem der Schriftsteller Wilhelm Hauff eine Novelle widmete. Für den Film deutet Harlan die Novelle im Sinne der neuen Machthaber.

Süß Oppenheimer vergewaltigt eine Frau und treibt sie in den Selbstmord. Am Ende wird der jämmerlich um sein Leben bettelnde Oppenheimer gehängt. Den Schluss hat Goebbels ins Drehbuch schreiben lassen. Die moralische Unterlegenheit der Juden ist das große Thema des Films.

Der Kinodirektor wird dazu angehalten, zumindest die erste Vorführung anzuschauen. Und er stellt erschrocken fest: „Das ist ziemlich gemein und ziemlich gut gemacht." Öffentlich beglückwünscht er die Statthalter der neuen Machthaber zum Film und beteuert seine Dankbarkeit für die Aufführung in seinem Theater. Beinahe hätte er die die Hacken knallend zusammengeschlagen. Er kann sich gerade noch zurückhalten.

Er weiß ja, was sich gehört. Und er ist überhaupt nicht begeistert, dass die Partei für größere Kundgebungen und die Aufnahme-Feiern für Hitlerjugend und Bund Deutscher Mädel in die Lichtburg zieht. Ein paar Jahre später ist er ganz froh darüber.

Einstweilen tröstet er sich mit Leni Riefenstahls Film über die Olympischen Spiele von Berlin 1936, der zwei Jahre nach den Spielen in die Lichtspielhäuser kommt. Er bewundert die ungewöhnlichen Kamerafahrten, das brillante Spiel mit Licht und Schatten. Er entdeckt den unendlichen Zauber des Kinos wieder, und selbst er übersieht für knapp zwei Stunden im Kinositz die politische Botschaft von Herrenmenschen und Überlegenheit, die perfide Vorbereitung auf den Krieg, auf die Zerstörung, auf die alles hinausläuft.

Otto lässt sich wieder einmal verzaubern wie ganz am Anfang auf den wackligen Bänken in New York beim „Großen Eisenbahnraub". Dass es ein böser Zauber ist, will ihm erst einmal nicht in den Sinn, so stark sind die Bilder, dass sie sein Gewissen ausschalten oder zumindest umgehen. Er bemerkt das erst später, immerhin bemerkt er es. Viele andere bemerken es nie.

Als „Jud Süß" im Kino läuft, ist der Krieg längst im Gange. Otto ist klug genug zu erkennen, dass es von Anfang an Hitlers

Ziel war. Er ahnt, wohin das führen wird, weil er sich an den ersten Krieg erinnert, obwohl er die Erinnerung tief vergraben hat und eigentlich nie mehr hervorholen will. Aber er kann sie nicht kontrollieren, sie meldet sich nun von selbst.

Er lässt seinen Sohn Karl deshalb nur sehr ungern in die Schlacht ziehen. Und er hält gar nichts von dessen Begeisterung für Führer, Volk und Vaterland, aber er weiß auch, dass er ihn nie vom Gegenteil hat überzeugen wollen. Solche Diskussionen sind gar nicht vorgekommen, diese Gelegenheit hat er verpasst. Er hat ihn geradezu dazu erzogen, so zu sein, wie er ist, weil er keinen Einspruch dagegen eingelegt hat – aus Angst vor dem umfassenden System der Bespitzelung. „Wir können ja nicht mal unseren eigenen Kindern trauen", denkt er. Das denken viele.

Otto ist allerdings auch klug genug, seine Bedenken darüber hinaus für sich zu behalten. „Ich will ja nicht wie die Sternefelds enden, schließlich hat man eine Verantwortung für die Familie", sagt er sich.

Als Karl ins Feld zieht, wie das immer noch heißt – viele denken dabei an Wimpel, Standarten, Ritter und Rüstungen, Otto aber hat Trommelfeuer im Ohr und Schützengräben und Gasmasken vor Augen – ist er 25 Jahre alt. Otto denkt zurück: „Als ich 25 war, kam ich als gemachter Mann aus Amerika zurück." Von Krieg war noch keine Spur, nicht einmal eine Ahnung.

Nun gibt es bereits den zweiten, der noch verheerender wird als der erste, der alles mit sich reißt in einem barbarischen Strudel des geplanten Untergangs.

17

DAS KINO IN TRÜMMERN

Karls Begeisterung für Führer, Krieg und Vaterland kühlt in den Schützengräben schnell ab. Er wird verwundet und kommt ins Lazarett Gaesdonck. Dort lernt er Irmi kennen und seine Scham vor der großen Schuld. Das Kino wird beim schweren Bombenangriff auf Goch am 7. Februar 1945 völlig zerstört.

Alles ist feucht und kalt, die Uniform klebt am Leib, die Stiefel stecken im Sumpf des Unterstands, die Nickelbrille mit dem Stahlgestell ist beschlagen, kleine Tropfen laufen von oben nach unten über die Gläser. Karl Skoetsch weiß nicht einmal, in welchem Land er sich befindet, Ukraine, Rumänien, Russland? Es würde keinen Unterschied machen.

Er weiß nur, dass er sich mit seinen Leuten in ein Loch eingegraben hat, und dass seit Tagen ein Sperrfeuer niedergeht auf die deutsche Stellung. Das Knattern der Gewehrschüsse, das Pfeifen der Granaten, das dumpfe Dröhnen der großen Kanonen sind so laut, er hört es nicht einmal mehr.

Karl Skoetsch ist Unteroffizier, er soll diese Stellung halten. Das hat der Oberleutnant noch befohlen, bevor ihn ein verirrter Schuss erwischt hat und seine Leiche nach hinten abtransportiert worden ist.

Skoetsch gehorcht, obwohl er den Sinn solcher Befehle

schon lange nicht mehr versteht. Als glühender Anhänger der nationalsozialistischen Bewegung ist er in diesen Krieg gezogen. Jetzt, wo der Krieg längst verloren ist, kommt er sich manchmal wie ein Verbrecher unter Verbrechern vor. Nichts ist von der Begeisterung geblieben, nur Gehorsam, sturer, preußischer Gehorsam.

Er hat beim Vormarsch in den Osten gesehen, dass die deutschen Truppen nicht nur gegen militärische Gegner gekämpft haben. Ganze Dörfer hat die SS ausgelöscht, und Karl glaubt nicht mehr an den tapferen, ehrbaren deutschen Landser. Es ist ein Märchen, dass sie denen zu Hause erzählen können. Ihm nicht. Nicht mehr.

Für einen Moment ist es fast leise im Graben, der Nachhall von Schüssen liegt in der Luft, Karl hört sogar das satte schmatzende Geräusch, das seine Stiefel machen, wenn er sie mühevoll aus dem Matsch zieht, der sie festhalten will mit tausend kleinen klebrigen Armen.

Doch erneut bricht die Hölle los, Geschosse aus Metall fliegen pfeifend auf die Gräben zu, der Boden tanzt bei den Erschütterungen ihrer Einschläge ein fürchterliches Ballett, MG-Feuer blitzt aus den Stellungen gegenüber wie Wunderkerzen an einem Tannenbaum. Wunderkerzen. Seltsam, dass er so etwas denkt. Vielleicht denkt er auch gar nicht.

Dann steht seine Welt still, er spürt noch einen schweren Schlag gegen seinen rechten Arm, einen heißen Schmerz, der sich in den Muskel beißt wie ein wütendes Tier, und es wird Nacht, schwarze, konturlose Nacht.

Er erwacht in einem halbdunklen Raum, der Gefechtslärm dringt entfernt an sein Ohr, ein Mann in einem früher sicher mal weißen, jetzt blutverschmierten Kittel beugt sich über ihn. „Können Sie mich hören?", fragt er.

Karl nickt. „Sie haben den Splitter einer Granate abbekommen. Den Splitter haben wir rausgeholt, aber ich fürchte, wir müssen den Unterarm abnehmen."

Karl hat Mühe zu antworten. Er fleht: „Lassen Sie ihn dran, bitte, bitte!" Fast schluchzt er, und er kennt sich selbst nicht.

„Auf Ihre Verantwortung", sagt der Arzt, der aussieht wie ein Schlächter. Er geht, dann wird es wieder Nacht, tröstende, schmerzfreie Nacht.

Als es hell wird, liegt er in einem Eisenbahnwaggon, der nach Westen rumpelt. Er tastet nach dem Arm, der dick verbunden ist. Alles noch dran. Der Unteroffizier atmet auf, auch wenn der Schmerz zurückkommmt wie eine messerscharfe Erinnerung. Er weiß nicht, wie lange er kein Bewusstsein hatte.

Ein Pfleger bringt ihm Wasser. „Das Schlimmste hast du überstanden", sagt er, „wir sind schon wieder auf deutschem Boden."

„Und wohin fahren wir?"

„An die holländische Grenze in ein Lazarett bei Goch."

„Goch", Karl sinkt zurück auf sein rumpelndes Feldbett, „Goch, gibt es das noch?"

Ja, es gibt Goch noch und auch das Lazarett in der Gaesdonck, dem bischöflichen Gymnasium, das wie alle Schulen den Betrieb eingestellt hat. Das Gymnasium, ein Internat, steht unmittelbar an der Grenze nach Holland, vor dem kleinen Ort Siebengewald. Früher haben die Gocher hier Spargel gekauft und Erdbeeren. Früher, in einer anderen Zeit, als die Holländer noch Nachbarn waren.

Karl Skoetsch liegt in einem großen Raum, der wohl mal die Turnhalle der Schule gewesen sein muss.

Die Betten sind mit Stellwänden voneinander getrennt. So sieht man das benachbarte Elend nicht, aber man hört es. Ein leises, hohes Jammern, heftiges Stöhnen, manchmal ein Schrei, diese schreckliche Musik endet nie, nicht einmal nachts, es gibt kein Entkommen.

Die Schwestern tun, was sie können. Aber weder ihre Kraft noch die der Medikamente reicht aus, die grausige Musik abzustellen. Es ist von allem zu wenig. Nur vom Schmerz, da gibt es zu viel. Der Schmerz der Körper mischt sich in den Köpfen mit dem Bewusstsein der Schuld, mit der Verzweiflung über die eigene Verführbarkeit, ganz selten mit dem Trotz der Verlierer, die ihre Niederlage für ungerecht halten. So muss sich das Ende der Welt anfühlen.

Karl dämmert wochenlang dahin, die Schmerzmittel machen es gerade so erträglich. Durch den Nebel seiner Tage sieht er dann und wann ein freundliches Gesicht mit großen dunklen Augen, auf dem Kopf ein Schwesternhäubchen, das auf schwarzen Haaren sitzt wie ein weißes Krönchen.

Als sich der Nebel lichtet, sagt das Gesicht: „Sie haben lange geschlafen. Ich glaube, jetzt geht es Ihnen besser."

„Wer sind Sie?", fragt er.

„Nennen Sie mich Irmi", antwortet das freundliche Gesicht mit einem Lächeln, das ihn kurz den Schmerz vergessen lässt.

Die Schwester begleitet ihn durch seine Erholung, sie geht

mit ihm spazieren, als der Körper das wieder mitmacht, wie selbstverständlich nimmt sie seinen Arm, natürlich den gesunden.

„Ich bin Karl", sagt er, „ich will nicht mehr zurück."

„Sie müssen nicht mehr zurück", sagt sie, „der Arm wird nie mehr richtig funktionieren, er ist nicht kriegstauglich."

„Zum Glück ist er noch dran."

„Ja, das ist ein Glück."

Sie kommen sich näher zwischen weißen Stellwänden und stöhnenden Patienten, auf den kurzen Spaziergängen durch das Gelände der ehemaligen Schule.

Es ist fast eine kleine Romanze, bald weicht das förmliche Sie dem freundschaftlichen Du. Inzwischen wissen sie, dass sie beide nur ein paar Kilometer von der Heimat entfernt sind. Er erzählt ihr vom Kino, das sie selbstverständlich besucht hat – nicht nur bei den NS-Schulungsfilmen. Sie kommt aus einer alten Gocher Schmiedefamilie.

Und wenn sie niemanden in der Nähe wissen, dann gestehen sie sich beide, dass sie an den Führer geglaubt haben und das deutsche Volk, an seine Mission in der Welt, dass sie es nun aber viel besser wissen. Und dass sie sich schämen für die Verbrechen und das ganze Unglück, das ihr Land über die Welt gebracht hat und ihre Rolle dabei. Fühlen sie sich benutzt? Ja, das auch, aber vor allem fühlen sie sich schuldig.

Sie hoffen, dass sie sich das eines Tages vergeben können. Noch ist es nicht so weit, noch lange nicht.

Laut sagen sie es nicht – natürlich nicht. Sie haben schließlich auch mitbekommen, dass der NS-Staat in seinen letzten Zuckungen Kinder und Greise an die Front schickt und jeden vermeintlichen Verräter umstandslos erschießt oder erhängt.

Vielleicht ist die Sprachlosigkeit nie so grausam wie in den letzten Tagen des Kriegs, der eigentlich längst vorbei sein müsste und der nur mit der wahnsinnigen Lust am Untergang weiter betrieben wird.

Sein Vater schickt einen Brief ins Lazarett. „Mach dir keine Sorgen um uns", schreibt er, „wir sind nach Magdeburg evakuiert. Uns geht es gut, wir kommen sicher bald zurück. Du musst nur gesund werden."

Karls Hände zittern ein bisschen, die Augen hinter der kleinen Brille, die ihn aussehen lässt wie den Filmschauspieler Heinz Rühmann, sind feucht. Tränen erlaubt er sich nicht, die stehen einem Unteroffizier nicht, das hat er sich eingebläut. Schon deutschen Jungs sind sie nicht erlaubt, wie er in der Kindheit gelernt hat.

Aber ein paar tausend Meter vom Elternhaus in der Stadt an der Niers erwischt ihn doch das Heimweh mit einem harten Schlag mitten in den Magen.

Am 7. Februar 1945 brennt der Himmel über Goch. Die Engländer haben „Christbäume" in den Himmel gestellt, sie helfen den Bombern bei der Orientierung. Und die Bomber leisten ganze Arbeit. Als sie ihr Werk verrichtet haben, steht kaum noch ein Stein auf dem anderen, das Beben der Erde erschüttert auch die Betten im Lazarett. Irmi ist bei Karl, sie hält seine Hand. Die Angst macht ihre Augen groß.

Was sie nicht wissen, aber was sie ahnen: Goch ist nicht mehr, was es war. Irmi sorgt sich um ihre Eltern, die sich dem Evakuierungsbefehl nicht gebeugt haben und wie ein paar hundert andere geblieben sind, versteckt in den Kellern, gefesselt an die Heimat, die sie selbst im Hagel der Bomben fest an sich bindet und gegen deren Magnetismus weder Befehle noch Drohungen etwas ausrichten können.

Sie schleicht sich nach Hause und findet die Eltern mit ihrer Tante wohlbehalten. Das Haus an der Voßstraße hat wie durch ein Wunder nichts abbekommen.

In den Minuten, die sie nach ihnen sehen kann, macht sie ihren Frieden mit dem Vater, der von den Nazis nichts wissen wollte und der ihr mit Arrest drohte, wenn sie zum Jungvolk gehen würde.

„Du hast Recht gehabt", stammelt sie unter Tränen.

„Das nützt nun auch nichts mehr", gibt er zurück.

Aber sie kennt ihn, und sie sieht die leisen Zeichen der Versöhnung in seinen Augen. Aussprechen kann er das nicht, er redet ohnehin nicht viel, das ist nicht seine Art.

Die Eltern finden zwei Wochen lang Unterschlupf beim Bauer Braam, dann kehren sie in ihr Haus mitten in der Ruinen-Stadt zurück. Die Nazis verschwinden, als hätte es sie nie gegeben, einige werden von den vorrückenden Briten festgenommen, andere entkommen unerkannt, von ihrer Rolle im Tausendjährigen Reich, das nur zwölf Jahre dauert, wollen alle nichts mehr wissen.

Einige werden im Wiederaufbau wichtige Ämter innehaben, als sei nichts gewesen. Irmis Vater vergisst ihnen das nicht, und es erfüllt ihn für den langen Rest seines Lebens mit einer ordentlichen Portion Zorn.

Das Kino hat es schwer erwischt. Es wird beim Bombenangriff völlig zerstört. Als Otto mit Hilda aus der Evakuierung zurückkommt und Karl aus dem Lazarett entlassen wird, stehen sie vor den Trümmern ihres einstigen Theaters.

Dann fließen doch Tränen, nur nicht bei den Männern, obwohl ihnen sehr danach ist.

18

AUFERSTANDEN AUS RUINEN

Otto und Karl gehen grimmig an den Wiederaufbau ihres Kinos. Buchstäblich jeder Stein wird aus den Trümmern geborgen, abgeklopft und wieder verwendet. Zwei Jahre nach dem Krieg gibt es eine Lizenz zum Kinobetrieb. Nach sieben Jahre Notkino an der Pfalzdorfer Straße eröffnen sie das Goli an alter Stelle wieder. Auf der Wand zur Straße steht in großen Buchstaben: „Goli Theater".

Der Volltreffer an der Brückenstraße hinterlässt eine Ruine. Hilda weint beim Anblick der Überreste des Goli, das wirklich nicht mehr zu erkennen ist. Otto schaut grimmig, und Karl ist in dieser Hinsicht ganz sein Sohn. Sie stehen vor den Trümmern, aber sie denken gar nicht daran aufzugeben. Das würde nicht zu ihnen passen. Und sie wissen ganz genau, was zu ihnen passt.

Tatsächlich können sie eine der Maschinen einigermaßen unversehrt bergen. „Es ist ein Wunder", sagt Otto, der das endgültig als ein Zeichen dafür ansieht, dass es weitergehen muss, obwohl er sonst keinen überirdischen Eingebungen vertraut.

Jedenfalls keinen, die er nicht für eine Ausgeburt seines eigenen Denkens hält, allenfalls für das Ergebnis seines ganz eigenen Traums, aber auch Träume sind bei ihm immer handfest. Alles andere ist für ihn Spinnerei. Damit können sich Betschwestern und Pfarrer befassen, er nicht.

Er kann dann verbissen sein und ansteckend in seinem Kampfgeist. Der lodert geradezu aus seinen Blicken.

Obwohl Karl durch die Schussverletzung angeschlagen ist, gehen beide hartnäckig daran, die Trümmer aufzuräumen. Jeder halbwegs brauchbare Stein wird vom restlichen Mörtel und Putz befreit und gestapelt, nach ein paar Monaten sieht das Gelände schon wieder wie eine Baustelle aus, eine Baustelle in einer Trümmerlandschaft, durch die englische Militärjeeps kurven und die langsam, ganz langsam wieder in ihren Konturen an die Stadt erinnert, die sie einmal gewesen ist.

Das ist gar nicht lange her, aber es erscheint den Bewohnern Jahrzehnte weit weg zu liegen, auf einem anderen Stern.

An einen Kinobetrieb ist zunächst jedoch nicht mal zu denken – nicht in diesem Gebäude, das erst einmal wieder eines werden muss.

Auch davon lässt Otto sich nicht kleinkriegen. Er schuftet nicht nur in den Trümmern, er arbeitet sich auch mit Hingabe durch den Dschungel notwendiger behördlicher Genehmigungen. Die wichtigste Bescheinigung ist die über seine Entnazifizierung.

„Mit den Nazis hatte ich nichts zu tun", beteuert er in der Befragung, auf Englisch natürlich, denn die Sprache hat er nicht vergessen, was die Engländer freundlicher stimmt und ihm die Gelegenheit gibt, seine eigene Rolle genauer zu erklären, „sie haben mein Kino nur für ihre Propaganda-Filme genutzt, das waren nicht meine Veranstaltungen. Sie haben mich dazu gezwungen, was sollte ich denn machen?"

Dass er sich darüber ärgerte, wenn in der benachbarten Lichtburg die Hitler-Jugend ihre Aufnahme-Rituale feierte, verrät er den Briten nicht. Dass er kein Parteibuch hatte, verrät er selbstverständlich gern.

Sein Verfahren, in dem er von Anfang an lediglich als möglicher Mitläufer geführt wird, stellen die Briten bald ein, er hat es nun schriftlich, kein Nazi gewesen zu sein, der Hauptausschuss des Landkreises Kleve führt über ihn die Akte 3766, die nun abgeschlossen ist.

Das ist die Voraussetzung für eine Genehmigung zum Betrieb eines Lichtspielhauses. Knapp zwei Jahre nach Kriegsende erteilen die Briten Otto und Karl Skoetsch, die nun gemeinsam Firmeninhaber sind, eine Lizenz.

Noch während sie Tag für Tag Steine auf der Trümmer-baustelle klopfen, eröffnen Vater und Sohn im Saal Stenmanns an der Pfalzdorfer Straße ein Notkino mit 230 Plätzen. Es liegt dem Bahnhof gegenüber in dem Teil der Stadt, den die alten Gocher abschätzig „gönne Kant" nennen, weil er weit jenseits der einstigen Stadtmauern und dem Kern der alten Stadt liegt.

Otto hat als Zugereister diese Unterteilungen in besser und nicht so gut nie verstanden. Schon sein Kino an der Brückenstraße liegt ja außerhalb der Grenzen der Altstadt, und er hat sich nie abseits gefühlt. Das können wahrscheinlich nur gebürtige Gocher, über deren eigentümliche Komplexe er nicht weiter nachdenkt. Das überlässt er ihnen.

Der Hunger der Nachkriegsbevölkerung nach Filmen, nach

Ablenkung ist groß. Vater und Sohn Skoetsch stillen diesen Hunger am Abend. Dass die Haut ihrer Hände rissig ist und voller Schwielen von der Arbeit am Tag, nehmen sie als sichtbare Auszeichnung für den eigenen Eifer. So sehen das die Besucher auch. Nicht wenige sind ebenso trotzig an den Wiederaufbau gegangen. Das gibt ihrem Leben wieder ein Ziel.

Dass sie im Auftrag der britischen Besatzer Aufklärungsfilme über die Gräuel des Dritten Reichs zeigen müssen, halten Otto und Karl für ihren Beitrag zu einem neuen, demokratischen Staat, der im Werden sein soll nach allem, was man so hört und liest. Sie fühlen sich da voll auf der Höhe der neuen Zeit, ein bisschen wie deren Wegbereiter.

Im Saal starren blasse Gesichter auf die Bilder ausgemergelter, halbtoter Häftlinge in ihren gestreiften Sträflingsanzügen und die Leichenberge in den Konzentrationslagern. Manche der Zuschauer weinen, andere beteuern noch im Hinausgehen, davon hätten sie nichts gewusst.

„Das glauben sie ja selbst nicht“, sagt Otto zu Karl, „jeder hat es gewusst.“

Karl schweigt, und er schämt sich für seine frühere Begeisterung. Die Filme sind ein Teil seiner Buße.

Allerdings nicht lange. Die Scham lässt so schnell nach, wie der wirtschaftliche Erfolg wächst. Und es betrübt Karl und Otto nicht einmal nachhaltig, dass der ewige Konkurrent Hoffmann seine viel weniger beschädigte Lichtburg schon im Herbst 1947 wieder eröffnet.

Das Theater am Niederrhein zeigt dort seine Aufführung des „Don Giovanni“. Die Vorstellung ist ausverkauft, bis zum neuerlichen Filmbetrieb dauert es aber bis ins nächste Jahr.

Das Goli im Notkino bei Stenmanns zeigt unterdessen die sogenannten Trümmerfilme – „Die Mörder sind unter uns" von Wolfgang Staudte mit Hildegard Knef oder „In jenen Tagen" von Helmut Käutner. Beide leisten sich den Blick auf Opfer und Täter des Nationalsozialismus, sie sind Aufklärung und für viele Zuschauer ein Blick in die bittere Wahrheit, die sie nicht haben sehen wollen und die ein Teil schon wieder vergessen will.

Das Publikum kommt trotzdem, es schweigt, und so mancher lernt. Immerhin.

Bald werden bittere Wahrheiten im Kino durch fröhliche Ablenkungsmanöver abgelöst. Das „Doppelte Lottchen", „Schwarzwaldmädel", „Das Land des Lächelns", „Der Kleine Muck" und „Hafenmelodie" bedienen die Lust an einer anderen, unbeschwerten Wirklichkeit im abgedunkelten Kinosaal, der dann so weit weg liegt von den Trümmern der Stadt wie der Mond von der Erde. Mindestens so weit.

Kriegserinnerungen werden verdrängt, die kleine Stadt wächst täglich ein Stück aus den Ruinen. Sie ist nun Teil der Bundesrepublik, der es in jeder Hinsicht besser geht als dem anderen deutschen Staat im Osten, der Deutschen Demokratischen Republik, die unter dem Diktat der Sowjetunion mühsam aus ihren Ruinen aufersteht und die größten Lasten zu tragen hat.

Karl und Otto hören und sprechen Anführungsstriche mit, wenn sie „Deutsche Demokratische Republik" sagen. Sie sind froh, auf der richtigen Seite gelandet zu sein – vor allem wenn sie aufs Bankkonto schauen. Die schwarzen Zahlen sind für sie der Ausweis von ehrbarer Bürgerlichkeit, richtiger Gesinnung, von Erfolg und auch von Glück.

Schauen sie auf andere herab? Vielleicht. Fühlen sie sich im Recht? Ganz sicher. Dass vor allem die Amerikaner mit ihrem politischen Einfluss (und der Hoffnung auf Dividende) für den Aufschwung im Westen sorgen, freut Otto besonders. Es gibt ihm den Glauben an das große, freie Land zurück, in dem auch er wurde, der er ist.

Die Steine sind inzwischen geschichtet, und richtige Bauarbeiter beginnen mit dem Wiederaufbau der Gocher Lichtspiele. Otto und Karl, die beiden Direktoren, verlieren Risse und Schwielen an ihren Händen, aber sie gewinnen das Bewusstsein, ein großes Werk mit eigener Hände Arbeit errichtet zu haben. Sie platzen vor Stolz, als sie ihr Kino im Januar 1954 an alter Stelle wieder eröffnen.

Das neue Haus gilt als hochmodern, es hat natürlich eine Klimaanlage, einen Vorführraum auf der Höhe des technischen Fortschritts, einen Abstellraum für Fahrräder, ein Foyer wie jedes richtige Theater und 453 Sitzplätze.

Auf der Wand zur Straße steht in großen Buchstaben „Goli Theater". In den Schaukästen wird mit Szenenfotos und Plakaten für die aktuellen Filme geworben. Es ist ein glanzvolles Stück der Stadt.

Ins Wohnhaus gleich nebenan zieht Karl mit seiner Familie. Er wohnt nun geradezu im Kino, und das empfindet er ebenso als Erfüllung seiner Bestimmung, wie Otto das auf dem Weg vom Wanderkino ins feste Gebäude gefühlt hat. Er ist im Filmgeschäft zu Hause, das sagt sich so leicht, hier stimmt es buchstäblich.

Der Vater zieht sich aus dem Unternehmen zurück, schließlich ist er schon 73, und es ist Zeit, mal auszuruhen. Das sagen vor allem die anderen, er selbst findet es nicht so zwingend. Aber auch ihn haben die Jahre milder gestimmt, er tritt ein wenig in die Kulissen, ohne dass die anderen ihn sehr drängen müssen.

Wenn er das Haus sieht, geht es ihm gut. Dann denkt er an New York und Chicago, an den ersten Kinematographen, an Jahrmärkte und das Feuer, das der Film in ihm angezündet hat und das immer noch nicht erloschen ist. Es ist seine Lebensflamme.

Er denkt an Carl Laemmle in seinem Büro in Chicago, der ein großer Filmproduzent geworden ist. Und er wundert sich, wie schnell all diese Jahre davongeflogen sind.

Gelegentlich will er die Zeit anhalten in diesen guten Jahren, genießen, was da vorüberfliegt. Aber es gelingt ihm natürlich nicht. Wem gelingt das schon?

Manchmal hilft er an der Kasse oder am Einlass, wenn der Andrang besonders groß ist. Und der Andrang ist nun meistens groß, häufig hängt das Schild „ausverkauft" an der Kasse.

19

DER SOHN IST DER CHEF

Karl ist ein korrekter Chef, das hält seine Welt im Gleichgewicht. Nun muss er nur noch den Schwiegervater von sich überzeugen. Das ist harte Arbeit, weil der einen verbissenen Argwohn gegen Evangelische hegt. Er diktiert schließlich seine Bedingungen für die Ehe. 1948, Im Herbst nach der Währungsreform, wird geheiratet. Fortan diktiert Karl die Bedingungen selbst – in der Familie und in der Firma.

Das Notkino bei Stenmanns an der Pfalzdorfer Straße haben Vater und Sohn noch gemeinsam geführt. Aber längst ist es Karl gewesen, der in strittigen Fragen die Richtung bestimmt hat. Otto ist ein bisschen müde geworden mit den Jahren, und er lässt es sich in einer Mischung aus Altersmilde und Vaterstolz gefallen. Er kann sich schließlich nicht um alles kümmern. Nicht mehr.

Karl ist für klare Linien. Korrektheit nennt er das. Über jeden Pfennig Ausgaben oder Einnahmen führt er peinlich genau Buch, sein Regiment ist fast militärisch, immer nachvollziehbar, immer überprüfbar, und sein Hang zur Sauberkeit ist beinahe manisch. Er geht dabei sogar voran, und er zeigt den Angestellten, wie man ordnungsgemäß mit dem Besen und dem Kehrblech umgeht. Wehe, einem entgeht eine Staubflocke. Er sieht alles.

Verschwendung hasst er regelrecht. Im seinem Werkzeugraum im Keller des Wohnhauses stehen in Regalen Gläser mit ordentlich sortierten Schrauben, Muttern und Nägeln – selbstverständlich von jeder Rostspur gereinigt. Das Werkzeug, zum Teil vom Vater geerbt, hängt an der Wand, in Reih und Glied wie in der Kaserne. Die Werkbank stammt auch noch von Otto.

Man wartet geradezu darauf, dass das Werkzeug morgens Meldung macht an seinen Eigentümer, in geordneten Reihen über den Boden marschiert oder die Hacken zusammenschlägt wie in den Disney-Filmen.

Trotz aller soldatischen Ordnung sagt Karl nie Sätze wie: „Es war nicht alles schlecht beim Militär." Dafür ist das Andenken an seinem Arm zu schmerzhaft und zu offensichtlich, und dafür sind die Bilder im Kopf zu grauenhaft, zu stark. Sie haben ihn sehr verändert.

Über die Soldatenzeit spricht er nicht, auch wenn er mit seiner kleinen Brille auf dem kleinen Kopf immer noch so aussieht wie das Bild im Truppenausweis, den er aufbewahrt hat in einer ehemaligen Zigarrenkiste neben Eintrittskarten und Fotos aus der Kriegszeit – klein, mit Zähnen an den Rändern. Er zeigt sie nie vor und schaut sie nur an, wenn er allein ist.

Das Wirtschaftswunder wird die Heinz-Rühmann-Bäckchen erst später voller machen, auch hier folgt er seinem Alter Ego aus den Spielfilmen.

Zum strategisch geplanten Glück fehlt nun nur die passende Braut. Gefunden hat er sie eigentlich schon, und sie hat sich längst auf sein Werben eingelassen, aber es ist nicht leicht, ihre Familie zu überzeugen.

Noch schwieriger ist es, den Schwiegervater zu überzeugen, er steht mit großer, drohender Gestalt im Weg, im Karriereweg, so sieht Karl das.

Irmi, die ehemalige Lazarett-Schwester von der Gaesdonck, kommt aus einer schwer katholischen Familie. Das Wort Katholik ist kein Etikett, sondern feste Lebenseinstellung mit einigen seltsamen Ausschlägen.

Ihr Vater gehört zu denen, die zwar nie laut das Glaubensbekenntnis heraustrompetet haben, aber er lässt sich selbst von den Nazis nicht davon abbringen, nach den Regeln zu leben und zu handeln, die er für christlich hält. Christlich ist für ihn immer auch katholisch, ausschließlich katholisch.

Die Aufmärsche macht er nicht mit, in die Partei tritt er nie ein. Und er hilft den wenigen in der Stadt verbliebenen Juden, wo er kann. Ein sturer Katholik, der sich nicht beugen lässt. Auch nicht, als ihn die Nazis zu einem Dienstverpflichteten machen und in Peenemünde in die Raketenfabrik von Wernher von Braun stecken, wo er wohl oder übel am Endsieg mitschrauben soll.

In den Wirren der späten Kriegsjahre entkommt er von der Insel Usedom an der Ostsee, und er erlebt den schweren Bombenangriff auf Goch zu Hause im Keller. Als die meisten Nazis von der Bildfläche verschwunden sind und solche, die welche gewesen sind, beteuern, sie seien nie welche gewesen, macht ihn die britische Besatzungsmacht zum Hilfspolizisten mit Armbinde und Schlagstock.

Es hat sich bei ihnen herumgesprochen, dass er nun wirklich nicht zu den Nazis, nicht mal zu den Mitläufern gehört hat. Das verschafft ihm zumindest kurzfristig eine Anerkennung, von der er jetzt, in den Jahren nach der Niederlage, sicher ist, dass sie ihm auch zusteht. Er fühlt sich belohnt für seine Haltung.

Er hält die Haltung für ein Ergebnis einer katholischen Erziehung, die wiederum das eigentliche Gesetz der Welt abbildet. In diesem Geist will er das Oberhaupt seiner Familie sein, denn als Oberhaupt versteht er sich.

Mit Irmi gibt es die schärfsten Auseinandersetzungen. Zum Jungmädel-Bund der Nazis will er sie nicht gehen lassen, aber sie lässt sich schon da nichts sagen und geht einfach. Zur höheren Schule schickt er sie allerdings nicht, obwohl sie zweifellos das Talent dafür mitbringt.

„Was soll ein Mädchen da, irgendwann wird ja doch geheiratet", erklärt er.

Da helfen keine Bitten, keine Tränen, keine guten Zeugnisse. Mehr als die Handelsschule ist nicht drin. Da ist er so stur, wie er es gewesen ist, als er den städtischen Nazis die Mitwirkung in ihrer Unterabteilung des Tausendjährigen Reichs versagt hat, wo es irgendwie möglich gewesen ist.

Und dann kommt Irmi eines Tages mit einem kleinen, dünnen Mann an, der nicht nur evangelisch ist, sondern nach allem, was man so hört, nicht einmal zu denen zählt, die regelmäßig die Gottesdienste des anderen Glaubens besuchen. Unerhört.

Obwohl für Irmis Vater evangelische Gottesdienste wie der gesamte reformierte Glaube in den Bereich der Sektiererei gehören, muss ein Rest der so anderen Gottesfürchtigkeit doch mit dem Besuch von Gottesdiensten unterstrichen werden. Das ist ja das Mindeste.

Tief in ihm wohnt weiter ein abergläubisches Misstrauen gegen alles Evangelische, das ihm sein eigener Vater, ein Schmied mit einem strengen Gesichtsausdruck und einem Bart von biblischen Maßen, erfolgreich eingetrieben hat.

Wieder gibt es Tränen in Wohnzimmer und Küche, leise Vermittlungsversuche seiner Frau, lange Nachmittage, in denen Karl mit einem langsam in der schwitzenden Hand verwelkenden Blumenstrauß am Küchentisch sitzt, tatkräftig übersehen von Irmis Vater, aber hartnäckig und ausdauernd auf seinem Platz.

Seine Ausdauer beeindruckt selbst Irmis Vater. „Der ist ja fast so stur wie ich", sagt er sich. Laut spricht er das natürlich nicht aus. Wo käme man da hin? Das klingt ja wie ein Kompliment. Und ganz vorsichtig kommen die beiden dann doch ins Gespräch.

Karl spricht von Erfolgen im Geschäft, er schildert seine Rolle als Direktor des Betriebs, und eines Tages hat er sogar die Bilanzen dabei. Er ist nach den Maßstäben der Nachkriegszeit ein wohlhabender Mann mit Grundbesitz und einem nach der Währungsreform 1948 dicken Bankkonto.

Die Zahlen wischt Irmis Vater unwirsch vom Tisch.

„Es geht nicht ums Geld", poltert er, „es geht darum, ein guter Mann zu sein."

Das werde er sein, verspricht Karl mit einem Blick zu seiner Braut, der wirklich von Rühmann sein könnte und der vor allem Irmis Mutter nicht entgeht, die schon lange ihr großes Herz geöffnet hat, weil es ihr um das Glück der Tochter geht.

Irmis Vater diktiert dem künftigen Schwiegersohn schließlich seine Vorstellungen von einem guten Mann: „Geheiratet wird in der katholischen Kirche, eine evangelische betrete ich nicht. Wenn Kinder kommen, was ich sehr hoffe, werden die katholisch getauft und katholisch erzogen." Basta.

Karl unterschreibt die Bedingungen, nicht einmal grummelnd, sie sind Teil einer geschäftlichen Abmachung. Damit kennt er sich aus. Es ist allerdings so ungefähr das letzte Mal in seinem Leben, dass er sich etwas vorschreiben lässt. Sein Grundsatz lautet: „Von jetzt an bin ich der Chef."

Im Herbst nach der Währungsreform wird geheiratet. Irmi sieht unter dem weißen Schleier und mit dem Kranz im Haar beinahe dunkelhäutig aus wie die Spanierinnen auf den Filmplakaten in den Schaukästen des Kinos, Karl wirkt eher klein im schwarzen Anzug mit der korrekt gebundenen weißen Fliege und im Vergleich unscheinbar.

Deshalb stellt ihn der Fotograf so auf, dass er hinter der sitzenden Braut steht, da fallen die Größenunterschiede nicht ins Gewicht. Vater Otto lächelt still, das kennt er.

Aber jeder sieht Stolz, Selbstbewusstsein und das leise Lächeln des Erfolgreichen in Karls Augen. „Ihr werdet noch sehen", sagt dieser Blick.

Und sie sehen, die Bürger der kleinen Stadt.

Das Kinogeschäft läuft glänzend in diesen Nachkriegsjahren. Das Goli und die Lichtburg werden zu Wohnzimmern am Abend, wenn das immer gleiche Programm im Radio nicht mehr reicht, wenn alle Zeitungen und die Bücher des Bücherbunds oder die alten Reclamhefte gelesen sind, die schon fast auseinanderfallen.

Die Kinos tragen das neue Deutschland aus den Trümmern ins Wirtschaftswunder. Mit ihren Illusionen flankieren die Filme eine Realität, die den Träumen unmittelbar auf der Spur ist, immer ein bisschen hinterher allerdings. Eine Konkurrenz zu diesen Palästen der Träume gibt es nicht – noch nicht.

Als Skoetsch am 15. Januar 1954 das Goli-Theater eröffnet, kommt natürlich die städtische Prominenz, Bürgermeister, Stadtdirektor, Sparkassendirektor – man weiß vor lauter Direktoren kaum, wohin man sehen soll.

In der Loge auf den besten Plätzen, ganz weit hinten im sanft ansteigenden Saal, sitzt die vornehme Gocher Gesellschaft, die Herren feierlich im dunklen Anzug mit Einstecktuch, Hut und Mantel sind meist an der Garderobe abgegeben oder über die Lehne des Vordersitzes gelegt. Die Damen blicken würdevoll und aufgeregt zugleich, sie haben sich am Morgen noch bei van Sambeck die Frisur frisch legen lassen, und sie tuscheln mit der jeweiligen Nachbarin wie Jugendliche in der Schule, wenn die Glocke geläutet hat, aber der Lehrer noch nicht im Klassenzimmer erschienen ist.

Es ist ein Freitag, die Schauspielerin Maria Schell feiert ihren 28. Geburtstag, der große schwarze Prediger Martin Luther King wird 25. Es ist eiskalt, die Nordsee-Inseln werden in zwei Wochen durch Packeis blockiert, am Ende des Monats sinkt das Thermometer auf minus 20 Grad.

Im Goli haben es alle warm und gemütlich. Das Publikum bewundert das Foyer, die Eingangshalle, das moderne Kassenhaus, in dem Pfefferminz, Kaugummi und Weingummi angeboten werden. Und es sitzt bequem auf gepolsterten roten Samtsitzen – zumindest in der Loge. Der Sitzkomfort nimmt zu den billigeren der 453 Plätze ein wenig ab, auf dem Ersten Platz ganz vorn im Saal gibt es nicht einmal Samtbezüge.

Die Zuschauer finden es trotzdem erstaunlich behaglich. Es ist ganz so, wie sie sich den Komfort eines Theaters vorstellen. Die Eintrittspreise reichen von 90 Pfennig bis 1,85 Mark.

Über die Leinwand flimmern in dieser Zeit „08/15“ von Paul May mit Joachim Fuchsberger, eine zart satirische Abrechnung mit dem Militärwesen vor dem Zweiten Weltkrieg; der Heimatfilm „Am Brunnen vor dem Tore“ von Hans Wolff mit Sonja Ziemann, Hans Stüwe, Paul Klinger und Willy Fritsch und „Canaris“ von Alfred Weidenmann mit O.E. Hasse, Adrian Hoven, Barbara Rütting und Martin Held, in dem der gute Deutsche (Canaris) dem bösen Deutschen (Heydrich) gegenübergestellt wird.

Es ist Vergangenheitsbewältigung nach dem zeitgemäßen Schema, sehr behutsam und oft beschönigend.

Die Kritik ist nie begeistert, das Publikum schon. Es hat keinen hohen künstlerischen oder politischen Anspruch. Da ist es wie der Kinodirektor selbst. Im Zweifelsfall entscheidet über die Klasse eines Films der Erfolg am Kassenhäuschen. „Leere Plätze bezahlt mir niemand“, sagt er.

Ein halbes Jahr nach der Eröffnung des Goli-Theaters schaffen in der Schweiz elf deutsche Fußballspieler das Wunder von Bern, sie werden durch den 3:2-Finalsieg über die als unschlagbar geltenden Ungarn Weltmeister. Ein Sieg fürs erwachende Selbstwertgefühl der ganzen Nation, für Karl Skoetsch eine Randnotiz ohne tiefere Bedeutung.

Für Fußball hat er nichts übrig, die Radioreportage hat er nicht gehört, in der der Reporter Herbert Zimmermann „Tor, Tor, Tor, Tor" schreit und „Toni, du bist ein Fußballgott!". Und für jene, die sich in den Städten vor den Radio- und Fernsehgeschäften die Nase an den Schaufenstern vor kleinen Geräten plattdrücken, auf denen verschwommene, zittrige Bilder vom Endspiel flackern, hat er nur zartes Mitleid. „Alle verrückt", stellt er fest, „und die Technik setzt sich nie durch. Man kann ja gar nichts erkennen."

Die Geschichte soll ihn noch belehren.

20

FAMILIENBETRIEB MIT ERGÄNZUNGEN

Die letzten großen Jahre des Goli erlebt sein Gründer nicht mehr. Otto stirbt 1961. Karl sieht sein Vermächtnis im Auftrag, geschäftlich erfolgreich zu sein. Er ist nicht so kunstsinnig wie sein Vater, aber er hat dessen Verbissenheit und Fleiß. Sich selbst gönnt er eine moderne Wohnungseinrichtung mit Nierentisch und Glockenlampen. Und er fliegt in den Urlaub. Das tun nicht viele.

Die 1960er sind die letzten großen Jahre des Goli. Halb Goch amüsiert sich über Lilo Pulver Im „Spukschloss im Spessart", staunt über das Wagenrennen in „Ben Hur" und lernt einen neuen Leinwandhelden kennen, der bis heute zuverlässig für Umsatzrekorde sorgt: den Agenten ihrer Majestät, 007, Bond, James Bond.

Die Kleinstadtjugend sorgt bei den Karl-May-Verfilmungen von „Winnetou" und dem „Schatz im Silbersee" für ein ausverkauftes Haus, sie bezieht fortan ihr Wissen über den Wilden Westen, edle Indianer, tapfere Westmänner und finstere Schurken aus Harald Reinls Filmen, gelegentlich auch aus Karl Mays Büchern. Zum Glück gibt es Leihbüchereien, da geht es nicht so ins Geld. Zu Karneval spielt die Jugend in Kostümen auf der Straße nach, was sie im Kino gesehen oder im Buch gelesen hat. Niemand will dabei der Ganove Santer sein, der den feinen Häuptling Intschu-tschu-na ebenso auf dem Gewissen hat wie Winnetous Schwester Nscho-tschi, in die zu allem Überfluss auch noch Old Shatterhand verliebt ist. Das ist schrecklich, und es fließen bittere Tränen im dunklen Saal.

Die indianischen Statisten stammen aus den Drehorten im heutigen Kroatien, das damals zu Jugoslawien gehört. Das interessiert so wenig wie, dass Old Shatterhand (Lex Barker) ein Amerikaner und Winnetou (Pierre Brice) ein Franzose ist. Ihre Plakate hängen in den Kinderzimmern, Mütter schneidern Karnevalskostüme nach den Bildern.

Weil natürlich niemand Geld für teure Lederanzüge hat, werden die Kostüme aus grobem Sack gefertigt und Winnetous Stammeszeichen auf dem Ärmel auf weißen Stoffresten mit Batikfarbe abgemalt. Der grobe Stoff juckt ein bisschen, aber es ist auszuhalten für ein paar Tage, in denen neidische Blicke der herkömmlich gekleideten Cowboys und Indianer sicher sind.

Mario Adorf, der den Santer spielt, hat über Jahre beim deutschen Publikum schlechte Karten. Geschieht ihm recht, er hat ja das Drehbuch gelesen, und er muss das nicht spielen.

Die Erfolge der deutschen Western erlebt der Kinogründer Otto Skoetsch nicht mehr. Er stirbt 1961, und er verlässt die Welt in der Überzeugung, etwas Großes hinterlassen zu haben. In seinen letzten Wochen sieht er sich häufig selbst auf dem Schiff nach Amerika.

Er riecht das Zwischendeck und das Meer, er spürt das Stampfen der großen Fähre, das allgegenwärtige tiefe Brummen der Maschinen, er erlebt noch einmal den angenehmen Schock des riesigen Landes, als er in New York von Bord geht. Das hat sich in sein Gehirn eingebrannt für immer.

Er spürt die Schwielen an den Händen von der Arbeit am Bau, er erinnert sich an harte Tage in einem verklärten Licht wie in einem Film mit Rückblenden. Und er fühlt noch einmal den Moment, in dem ihm das Kino zum ersten Mal begegnet.

Es flimmert hinter seinen Augen, flackernde Bilder setzen sich in seinem Kopf zusammen, es ist immer noch der große Eisenbahnraub, den er sieht, wenn er die Augen schließt. Aber der Film ist mehr als ein Kopferlebnis, er erfasst die Sinne, er ist ein großes Gefühl, das Otto bis zum letzten Atemzug erfüllt.

Otto Skoetsch geht als stolzer Mann.

Sein Sohn Karl hält sich mit der Trauerarbeit nicht lange auf. Er glaubt, das Vermächtnis des Vaters zu erfüllen, wenn er das Kino zu weiteren geschäftlichen Erfolgen führt. Vielleicht ist das auch so. Jedenfalls bemüht er sich eifrig darum.

Karl kennt die Faszination des Kinos, aber er ist davon nicht so erfasst wie Otto, in ihm glüht nicht der große Funke, den Filme anzünden können. Er sieht die Sache nüchterner. Der Betrieb muss laufen, die Gänge müssen gefegt sein, die Kasse in Ordnung, die Bücher sauber geführt und der Saal besetzt.

Das große Gefühl, die innere Spannung, wenn der Gong ertönt, das Licht im Saal erlischt und der Vorhang sich öffnet, befällt ihn nur selten. Seine Spannung richtet sich auf die technischen Abläufe und die Rahmenbedingungen.

In den seltenen Fällen, wenn der Film einmal reißt und eine ungeplante Pause vom Publikum murrend und manchmal mit Pfiffen kommentiert wird, oder wenn sich einer in der Jugendvorstellung mit den Füßen auf der Brüstung im Sperrsitz fläzt, dann hat er seine kleinen Auftritte, denn es geht um die Ordnung der Dinge.

Ordnung ist ihm sehr wichtig, und er verheimlicht das nicht.

Der langsam wachsende Wohlstandsbauch spannt bereits unter dem Sakko, aber die Augen blitzen, und seine Stimme setzt sich mühelos gegen den Lärm im Saal durch.

„Machst du das zu Hause im Wohnzimmer auch so?“, fährt er Jugendliche an. Und pfeifende Zuschauer bringt er mit einem im leise drohenden Ton vorgetragenen Hinweis auf technische Probleme zum Schweigen. Widerworte erheben sich nicht, sie ersticken unter seinem Blick.

Der kleine Mann hat Autorität, das bestätigen ihm alle, und das tut ihm gut.

Im Betrieb wächst er mühelos in die Rolle des Patriarchen, die sein Vater frei gemacht hat. Er ist der Chef im Kino, und er ist der Chef in der Familie, die er manchmal ebenso streng führt wie das Theater.

Ohnehin ist das Kino eine Familien-Angelegenheit. Das Kassenhäuschen kann sich niemand ohne seine Frau Irmi vorstellen, seine beiden Söhne Carlo und Wolfgang besorgen das Aufhängen der Plakate in der Stadt, bevor die Söhne von Irmis Bruder das übernehmen.

Einer von ihnen, Ulli, wird später für zehn Jahre der Ersatz-Vorführer sein.

Ihm hält Karl die wacklige Riesenleiter, wenn mal was am Vorhang repariert oder geschmiert werden muss. Manchmal fährt Ulli nachts aus wilden Träumen auf, in denen er ohne Leiter in schwindelerregender Höhe am Vorhang hängt. „Ich halt die Leiter schon", versichert Karl, aber er glaubt das nicht einmal in Ullis Träumen.

Verstärkung erhält die Familie durch die Vorführerin Maria Blömer und die Platzanweiserin, Frau Milz (ihr Vorname wird nie genannt), die in der großen Eispause vor dem Hauptfilm mit einem Bauchladen durch die Reihen zieht.

Beide gehören fast zur Familie. Sie bleiben über Jahrzehnte ein wesentlicher Bestandteil der kleinen Mannschaft. Weder sie noch Karl kämen auf die Idee, das Goli könne ohne sie sein, was es ist. Und da haben sie sicher recht.

Der Alltag in der Familie richtet sich nach der Uhr im Kino. Am Tag ist Zeit für die Verwaltungsarbeit, am Abend geben Einlasszeiten und Filmdauer den Takt vor, natürlich auch am Wochenende. Das Abendessen wird pünktlich in den Plan gepackt. Damit die Uhren genau gehen, ruft Karl die telefonische Zeitansage an.

Zum Abendessen gibt es ein paar Brote, kalte Milch und Tee aus Tassen mit einem rosa Zwiebelmuster. Spülen und Abtrocknen übernehmen die Söhne – sie murren nur selten, es lohnt sich nicht.

Anschließend verschwinden sie in ihrem Kinderzimmer, das mit Filmplakaten von Winnetou und Dr. Fu Man Chu über dem Kleiderschrank dekoriert ist und das sie zu zweit bis zu ihrem Auszug im frühen Erwachsenenalter bewohnen. Während der Vorstellung am Abend überbrücken die Eltern die Zeit bis zum Schließen der Kinotüren im Wohnzimmer mit Lesen und dem Lösen von Kreuzworträtseln. Karl bildet sich durch die Lektüre von „Reader`s Digest", eine Sammlung von Literaturauszügen, die er abonniert hat.

Manchmal liest er auch dicke Bücher, „Hawaii" von James A. Michener zum Beispiel. Für die passende Mischung im Regal sorgt zuverlässig der Bertelsmann-Buchclub, der seine Mitglieder (gegen Gebühr natürlich) mit seinem Angebot verwöhnt. Wer ausnahmsweise mal nichts bestellt hat, der bekommt den Hauptvorschlagsband zugesendet. Der Club vergisst niemanden.

Wer etwas auf sich hält, ist Mitglied in diesem Club, und in den Bücherschränken der Zeit stehen Bildbände („Das Jahrhundert im Bild") und moderne Klassiker wie Michener einträchtig nebeneinander. Selbstverständlich auch bei Karl Skoetsch.

Nach der Vorstellung gönnt sich der Theaterdirektor ein Glas Wein. Er hat einen eigenen Händler, worauf er stolz ist. Und er weiß den Wert des Weines zu schätzen. Damit nicht ein Tropfen verloren geht, legt er die Flasche, die leichtfertigere Zeitgenossen als leer bezeichnen würden, auf den Bauch, damit sich die Reste sammeln.

„13 Tropfen sind das immer", beteuert Karl, und das verstohlene Lächeln seiner Besucher will ihm gar nicht auffallen.

Natürlich werden die mindestens ebenso wertvollen Möbel im Wohnzimmer pfleglich behandelt. Kein Trinkgefäß kommt ohne Untersetzer aus geschliffenem Glas auf den Tisch, damit das Glas keine Kratzer hinterlässt, wird es mit

Filz abgefedert, am Fenster zur Straße steht ein immer erstaunlich staubfreier Gummibaum, neben der Couch ein Nierentisch, über den sich Lampen mit Schirmen beugen, die aussehen wie langgezogene Glocken.

Dass die Möbel, die aus den 50ern stammen, mal Klassiker werden, weiß noch niemand.

Karl kann sich den zeitgemäßen Luxus leisten. Denn das Kino brummt noch immer. Zu Beginn der 1960er werden allein in Goch 100.000 Kinokarten im Jahr verkauft.

Davon lebt man nicht schlecht, und Karl Skoetsch will das manchmal auch zeigen. Mit Irmi gehört er zu den ersten Gochern, die zur Ferienreise im Sommer ein Flugzeug besteigen. Die Reisen nach Mallorca, anfangs mit Zwischenlandung, sind Abenteuer und Genuss zugleich.

Die Unternehmen statten ihre Gäste mit Taschen fürs Handgepäck aus, auf denen der Name der Fluggesellschaft aufgedruckt ist, und die bei späteren Gelegenheiten in der Heimat als schöne Erinnerung für die Fluggäste und Ausrufezeichen für die nicht ganz so wohlhabenden Zeitgenossen dienen, wenn darin die Utensilien für den Freibad-Besuch aufbewahrt werden.

Gegessen wird über den Wolken von echtem Geschirr, und in den Duty-Free-Shops stehen kleine Kostbarkeiten bereit. Karl füllt hier jährlich seinen Vorrat von edlem spanischen Brandy auf. Zu Weihnachten genehmigt er sich ein paar Gläschen, Gäste bekommen die preiswertere Sorte. Da kennt er nichts. Die sollen doch froh sein, wenn sie überhaupt etwas kriegen.

Auf den Fotos, die er aus dem Urlaub mitbringt, ist eine

exotische Insel zu sehen, mit kleinen Häfen, noch lange nicht überlaufenen Stränden und fremden Gesichtern, in blühende Farben getaucht, die am Niederrhein noch niemand gesehen hat.

Karl fühlt sich beim Fotografieren immer ein bisschen wie Columbus bei der Entdeckung von Amerika, obwohl der ja keinen Fotoapparat hatte. Karl schon – mit Blitzgerät, das allerdings nur bei Innenaufnahmen zu Weihnachten und Ostern im Einsatz ist und mit Glühbirnen gefüttert wird, die beim Blitzen schmelzen.

Am Abend wird in vornehmer Garderobe gespeist. Und Karl freut sich, dass die Getränke viel billiger sind als zu Hause. Da gibt er dann auch ein Trinkgeld – selbstverständlich nicht zu viel, das ist neureich und gehört sich nicht.

Karl und Irmi bleiben ihrer Insel treu, auch wenn sie allmählich von anderen Gästen mit einem weniger gut gefüllten Geldbeutel entdeckt wird. Der Service in den Flugzeugen passt sich den niedrigeren Preisen an. Doch Familie Skoetsch ist sich als Teil der Pionier-Generation immer noch ihres Rufs bewusst.

Die Söhne kommen selbstverständlich nicht mit. Sie werden für drei Wochen auf die holländische Insel Ameland geschickt. Der Ameland-Verein „Poort van Cleef" bringt Jugendliche in zwei Schichten in den Sommerferien auf die westfriesische Insel.

Sie leben auf einem ehemaligen Bauernhof im Dorf Ballum und schlafen in den früheren Ställen, in denen nun Doppelstockbetten stehen. Die Jüngeren nächtigen im Kuhstall, die Älteren im Pferdestall, in dem weniger Betten aufgebaut sind, die Betreuer im Wirtschaftsgebäude. Eine gewisse Rangordnung muss gewahrt sein.

Zum Frühstück gibt es riesige Mengen holländisches Weiß- oder Bruinbrot, die Tage vergehen in einer Mischung aus Bundesjugendspielen, kleinen Wettbewerben und Baden am Strand. In der Freizeit geben die Jugendlichen ihr Taschengeld für Lakritz, Süßigkeiten und klebrig-süßes Seven Up aus.

Die älteren verstecken ihre Tabakpäckchen und ziehen für eine Selbstgedrehte in gut gehütete Verstecke. Manchmal werden sie trotzdem erwischt. Das hält sie allerdings nicht von Wiederholungstaten ab.

Zum Waschen gibt es eine Reihe von Becken unter einem offenen Dach, von Duschen hat noch niemand etwas gehört – hier jedenfalls nicht. Das finden die Jungs auch nicht so wichtig. Davon zeugt die Duftwolke, die aus den Türen des Busses entweicht, wenn die Expedition nach drei Wochen wieder auf dem Marktplatz landet. So mancher steigt aus, wie er eingestiegen ist. Koffer und Reisetaschen sind nicht dringend notwendig gewesen.

Mit der Aufteilung in Mallorca- und Amelandreisende sind trotzdem alle Beteiligten ganz zufrieden.

Und damit die Verwandtschaft auch ein wenig am Wohlstand der frühen Jahre teilhat, wird sie vor allem von Irmi mit Ledergürteln, Tabakwaren oder Keramik großzügig versorgt. Ein bisschen zu großzügig, wie Karl findet, aber er sagt nichts.

Ausnahmsweise.

21

DREI KINOS IN EINER KLEINEN STADT

Pfalzdorf ist nicht mehr nur Pfalzdorf, sondern nun Ortsteil von Goch. Das gefällt nicht jedem. Karl lässt es kalt. Er fühlt sich in der besseren Gocher Gesellschaft ganz gut aufgehoben, und er ist mit seinem Rang als Theaterdirektor sehr zufrieden. Die Konkurrenz in zwei weiteren Kinos kann er ertragen. Neben der Lichtburg gibt es das Astra, das Lichtspielhaus der britischen Garnison.

Karls ehemalige Verwandtschaft in den weiten Feldern ist sauer. Die staatliche Gebietsreform Anfang der 1970er Jahre macht aus ihrem Pfalzdorf mit einem Federstrich vom Behördenschreibtisch einen Ortsteil von Goch. Dabei hatten die zum größten Teil katholischen Gocher von den meist evangelischen Siedlern aus der Pfalz nie etwas wissen wollen, was selbstverständlich auch andersherum galt.

Man ließ einander weitgehend in Ruhe, was vielleicht das Beste war, was über die gegenseitige Beziehung zu sagen ist. Jetzt rückt man in Verwaltungsfragen viel näher aneinander, als den meisten lieb ist.

Denn nun sind die Pfälzer eingemeindet wie die Hülmer, die Asperdener oder die Kesseler. Es ändert zwar nichts daran, dass die Dörfer tapfer ihre Eigenarten bewahren und ihre Ur-Einwohner sich nie als Gocher fühlen werden, aber in den Augen von Zugereisten sind sie jetzt Gocher.

Fremde oder Menschen aus der Stadt, die durch die Entscheidung der Behörden von 20.000 auf rund 30.000 Einwohner wächst, bauen ihre Häuser in den Dörfern und durchlöchern damit bereits das Bewusstsein von Eigenständigkeit. Irgendwann wird nicht mehr viel davon geblieben sein. Das ist nur eine Frage der Zeit.

Karl, der die früheren Verwandten gelegentlich zum Äpfelpflücken oder zum Kaffee besucht, hat eine richtige Bindung an Pfalzdorf längst verloren, er hat eigentlich nie eine besessen. Er ist Kleinstädter mit der Betonung auf Stadt, das Bäuerliche mit den Höfen, die er unaufgeräumt findet, den Ställen, deren Geruch seine feine Nase beleidigt, und ein Dasein in Gummistiefeln sind nicht seine Welt.

Er lebt sein Leben im Anzug mit Krawatte, geht auf die Bälle beim Hotel Wagner, wo sich die besseren Leute treffen, ist mit dem Direktor der Sparkasse befreundet, und kurze Hosen trägt er in der Regel nur im Urlaub – allenfalls auch mal auf dem nicht einsehbaren Balkon hinter der Glastür der Küche, der auf die Wiesenstraße hinausgeht. Dann lässt er auch den Schlips weg.

Hier wird im eisernen Takt der Tageszeiten im Sommer das Mittagsschläfchen gemacht, die Klingel an der Haustür und das Telefon sind dann selbstverständlich abgestellt.

Im Alltag ist er der Direktor eines Kinotheaters, und wenn ihm einmal der Verdacht kommt, die ganz feine Gesellschaft schaue manchmal auf ihn als Nachfahre des fahrenden Volkes der frühen Jahre des Jahrhunderts ein wenig abschätzig herab, dann verscheucht er den Gedanken und verdrängt ihn ganz nach hinten in den Kopf zu den anderen kleinen Komplexen, die vielleicht mal die Nachtruhe stören. Vielleicht.

Schlimmere Albträume bewältigt er mit dem Blick auf seine Kontoauszüge, das ist ein zu allen Zeiten taugliches Heilmittel. Nach den Maßstäben der frühen 1970er ist er ein wohlhabender, ja reicher Mann.

Aber er lebt sparsam mit seiner Familie in drei Zimmern, Küche, Diele, Bad, und er hortet seinen Schatz beinahe so wie Dagobert Duck, der eine Hauptrolle in den Comics spielt, die seine Kinder und Neffen lesen.

Es gibt Augenblicke, da wünscht er sich, wie Onkel Dagobert ein Bad in den Talern in seinem Geldspeicher zu nehmen. Aber sein Geldspeicher ist die Sparkasse gegenüber, und der Ausdruck seines Wohlstands steht nur auf Papier. Viel zu wenig zum Baden. Manchmal sind Comics doch schöner. Das sollte er seinen Kindern mal sagen.

Geschäftssinn und Sparsamkeit bedeuten nicht, dass er jemand übers Ohr hauen würde. So etwas kommt bei ihm nicht vor. Er erfüllt seine Zahlungsverpflichtungen so penibel, wie er die eigenen Bücher führt, und er bleibt seinen Angestellten so wenig schuldig wie seinen Söhnen.

Karl unterstützt sie bis in die Studienzeit, doch er hält sie kurz genug, dass sie gezwungen sind, dazuzuverdienen. „Von nix kommt nix", sagt er. Dass seine Kinder wie alle anderen Großneffen der Tante Else, der Schwester seiner Schwiegermutter, dauerhaft sehr großzügig mit Geldgeschenken und Pfandbriefen bedacht werden, für die die

Großtante die Ersparnisse aus ihrem Schuhladen hortet, stört ihn nicht.

Er bucht das in Gedanken als Einkünfte ab, für die er nicht selbst sorgen muss. Die ersten Autos, die seine Söhne fahren, hat die Großtante finanziert. Es sind klapprige kleine Kisten, Käfer und R 4, aber der ganze Stolz ihrer Fahrer.

Zum Dank kutschieren sie die Oma selbstverständlich zur Grabpflege auf den Friedhof und die Großtante zum Besuch ihrer Schwester in einem Altenheim im holländischen Nimwegen. Auch die Einkaufstouren nach Holland zum Spargel- und Erdbeerbauern macht Karl jetzt nicht mehr so häufig mit dem Rad, sondern eher auf dem Beifahrersitz im Auto seiner Nachkommen.

Eine Antenne fürs Geschäft hat er vor allem Wolfgang vermittelt. Sein zweiter Sohn ist ein hochbegabter Tüftler, der schon früh den halben Haushalt mit Lichtschranken, Lautsprechern und anderen elektronisch-elektrischen Hilfen ausstattet. Karl entdeckt viel von sich selbst in ihm.

Weil er durch die Kriegsverletzung schon lange nicht mehr so geschickt wie früher mit Lötkolben und Schraubenzieher umgehen kann, ärgert es ihn manchmal, wenn er Wolfgang hantieren sieht. Auch deshalb geht er viel strenger mit ihm um als mit seinem Ältesten.

Carlo ist früh vom Virus der Chemie besessen. Dass er Wissenschaftler wird, ist kein Zufall, sondern zwangsläufig. Er fühlt sich allerdings auch von den schönen Dingen angezogen. Er liest viel, spielt sehr ordentlich Gitarre und unterhält ganze Abendgesellschaften mit Liedern von Degenhardt, Dylan und den Beatles.

Carlo ist ein ziemlich guter Schüler, Karl kann sich nicht beklagen. Wolfgang fühlt sich durch die Schule in seinem Hang zu allem Technischen behindert, er plagt sich tapfer bis zum Fachhochschulabschluss. Karl ist ihm dabei immer im Nacken, erbarmungslos.

Dadurch hat Wolfgang schnell ein dickes Fell, ihm fällt die Karriere leichter als seinem sensiblen Bruder, der immer alles gut macht, sich aber selbst nie gut genug ist.

Einen Zugang zum Geschäft ihres Vaters finden beide nicht – jedenfalls nicht in einem Maß, das ausgereicht hätte, den Laden eines Tages zu übernehmen. Das ist schnell klar, und wenn es Karl kleine Stiche der Enttäuschung versetzt, dann lässt er es sich nicht anmerken.

Wolfgang, der schon mal eigene Ideen wie den Tag des besonderen Films einbringt, an dem donnerstags große Kunstwerke wie Stanley Kubricks „Clockwork Orange" oder „Die Reifeprüfung" und „Little Big Man" mit Dustin Hoffman laufen, will weiter nicht mit dem Kinobetrieb als möglicher Nachfolger in Verbindung gebracht werden.

„Ich würde es sowieso nicht gut genug für dich machen", sagt er dem Vater. Der muss im Stillen zugeben, dass sein Sohn recht hat. Öffentlich sagt er es nicht.

Wie sein eigener Vater Otto kann er es sich ohnehin nicht vorstellen, ordnungsgemäß mit Mitte 60 in Rente zu gehen wie normale Arbeitnehmer. Er betrachtet das Kino als Lebenswerk, dem man nicht einfach das Herz herausnehmen kann, weil es ein Datum im Ausweis so vorsieht. Auf ein mögliches Ende bereitet er sich nicht vor – ein Fehler vieler Patriarchen.

Noch sieht er das Goli als feste Größe in der kleinen Stadt, die mit ihren 20.000 Bürgern im alten Goch drei Kinos verkraftet. Neben Hoffmanns Lichtburg, die fast in Sichtweite hinter der Tankstelle gegenüber liegt, gibt es auf dem britischen Kasernengelände an der Pfalzdorfer Straße das „Astra-Kino".

Es wurde für die früheren Besatzungssoldaten gebaut, die nun gemeinsam mit der Bundeswehr der Nato dienen, aber es ist auch für die Zivilbevölkerung geöffnet. Schulklassen sehen hier in Begleitung ihrer Englisch-Lehrer die Verfilmung von Shakespeare`s „Macbeth" im Original, Jugendliche die Rockoper „Jesus Christ Superstar" oder Filme der „Carry on"-Reihe, die auf sehr englische (und witzige) Art und Weise die Geschichte des Königreichs auseinandernehmen.

Nach Ausweisen fragt niemand an der Kasse des Astra, auch nicht, wenn das jugendliche Publikum während der Filme ebenso begeistert Zigaretten qualmt wie der Anhang der britischen Soldaten. Jeder Platz hat einen eigenen Aschenbecher.

Im Astra gibt es nur eine Regel: Bei der Nationalhymne, die vor jedem Programm mit einem kleinen Filmchen der Queen gespielt wird, müssen alle aufstehen. Die Haltung während der Hymne ist gleichgültig, wer sich allerdings nicht erhebt, der wird sehr nachdrücklich zur Ehrenbezeugung angehalten. Wer dem immer noch nicht folgt, der erlebt den Hauptfilm nicht - jedenfalls nicht im Saal.

Karl hat seine Konkurrenten in der Stadt nie besucht. Er nimmt ihr Programm zur Kenntnis, ärgert sich, dass sein

Verleih Renner wie das „Dschungelbuch" nicht anbietet und damit das Geschäft an die Lichtburg geht. Und er überlässt vergleichsweise gerne dem Mitbewerber das Wochenend-Nachtprogramm mit Pornofilmen, in die das männliche Kleinstadt-Publikum mit gesenktem Kopf und hochgezogenem Kragen im Schatten der Dunkelheit huscht.

Pornos sind Karl nun doch zu schäbig.

22

DIE AUFKLÄRUNGSFILME – UND WIEDER WIRD GEPREDIGT

Die Hüllen fallen – zuerst kommen die Aufklärungsfilme, dann die Softsex-Streifen. Bei „Helga" fallen ausgewachsene Männer in Ohnmacht, gegen Oswald Kolle wütet die Geistlichkeit. Vor allem gute Katholiken sollten sich den Schund nicht antun, wettert der Dechant von der Kanzel. An der Kinokasse wird das Glaubensbekenntnis nicht überprüft, die Zuschauerzahlen für die Filme sind gut. Insgesamt aber werden es Jahr für Jahr weniger Besucher.

Karl hat eigentlich ein aufgeklärtes Verhältnis zu jenen Streifen, die den Menschen schon mal zeigen, wie der Herr ihn schuf. „Was soll schon dabei sein?", fragt er, „und manche sehen sogar ganz gut aus, wenn sie nichts anhaben."

Aufklärung ist dabei zunächst durchaus wörtlich zu nehmen. Das hat die Bundesrepublik der späten 1960er und frühen 1970er Jahre, mithin auch das Goli-Theater, vor allem Oswald Kolle zu verdanken. Der Journalist wird als Filmemacher der Aufklärer der Nation.

Vor Kolle kommt allerdings Erich F. Bender in Karl Skoetschs Theater. Sein Film „Helga – vom Werden des menschlichen Lebens" begründet das Zeitalter der Aufklärungsfilme. Nacktheit, Zeugungsakt und die Entwicklung des

Lebens flimmern in Bildern über die Leinwand, die viel Ähnlichkeit mit Vorführungen in Hörsälen für Mediziner haben. Kein Wunder, denn Gesundheitsministerin Käthe Strobel hat das Projekt angestoßen.

Für konservative Geister hat sie damit dennoch die Grenzen von Moral und Geschmack überschritten. Man nennt sie die „Sex-Ministerin". Im Goli fliehen bleiche Männer im Angesicht von Bildern einer Geburt auf die Straße, bei Aufführungen in anderen Städten sollen Geschlechtsgenossen schlicht umgekippt sein. Das Kino-Personal hält Riechfläschchen bereit.

Berichte darüber sind natürlich gute Werbung, der Film bleibt im Gespräch. Karl schaut ihn selbst an, er kippt nicht um, aber er findet nichts daran auszusetzen, dass sein Goli gut gefüllt ist, als sich das mit den Ohnmachtsanfällen herumspricht.

Es wird noch besser, als Kolle mit einer Serie von Aufklärungsfilmen nachzieht. „Das Wunder der Liebe", „Das Wunder der Liebe II", „Deine Frau, das unbekannte Wesen", „Dein Mann, das unbekannte Wesen", „Was ist eigentlich Pornografie?" lassen zuverlässig die Kasse klingeln.

So mancher kommt, weil er sich unter dem Deckmantel der Aufklärung eine sexuelle Sensation verspricht – so wie viele beteuern, den „Playboy" nur wegen der Interviews zu lesen. Das erklärt den großen geschäftlichen Erfolg.

Kolle (und Karl Skoetsch) versichern jedoch, dass es sich um geradezu wissenschaftliche Kost handelt. Das unterstreichen die Filme mit ihrem immer gleichen Muster. Streng fachliche Diskussionen zwischen Kolle, einem Psychologen, einem Sex-Wissenschaftler oder kleinere Vorträge von offenbar kenntnisreichen Personen in weißen Kitteln mit großen Hornbrillen rahmen Spielszenen ein, in denen es (selbstverständlich im Sinne der Aufklärung) dann zur Sache geht.

Nach diesem Konzept arbeiten auch die Produzenten von Porno- oder Softpornofilmen, deren Moderatoren ebenfalls im Kittel am Schreibtisch sitzen und eingangs vor den schrecklichen sexuellen Verirrungen warnen, die anschließend gezeigt werden und die genau deswegen ihr Publikum finden.

Deshalb werfen die Vertreter der hohen Geistlichkeit in der kleinen Stadt Kolle, Aufklärungsfilme und Pornos in einen Topf, rühren kräftig um und destillieren daraus das Moralin ihrer Sonntagspredigten. Die katholische Kirche tut sich besonders hervor.

Mit glühenden Wangen schüttelt der Dechant im gerechten Zorn die Faust und wettert gegen Verfall der Sitten, den Mangel an Moral und den Niedergang aller christlichen Werte im Kinosaal. „Ein guter Katholik schaut sich diesen Schund nicht an", sagt er und gibt seinen Schäfchen in den bestens gefüllten Bänken der Pfarrkirche Maria Magdalena von der Kanzel eine wütende Nachhilfestunde im Katechismus.

„Denn ihr sollt keine unreinen Gedanken haben", ruft er. Es fehlt nur, dass er einen Protestzug mit Mistgabeln und Dachlatten zum Kino anführt.

Einen Teil seiner Herde hat er damit so verschreckt, dass der es nicht wagt, sich einen der Filme anzuschauen. Und obwohl Karl laut über unzulässige Geschäftsschädigung klagt und darauf verweist, dass die Filme von der Freiwilligen Selbstkontrolle freigegeben sind, in der auch Kirchenvertreter sitzen, freut er sich doch ein bisschen über die Reklame von der Kanzel. „Besser man redet schlecht als gar nicht."

An den kleinen Krieg zwischen der Geistlichkeit und seinem Vater über die Aufführung des Films „Cyankali" vor gut 40 Jahren kann er sich nur noch dunkel erinnern. Diesmal sieht er sich als Sieger in der Auseinandersetzung, weil das Geschäft weiterhin gut läuft. Sein Vater hat „Cyankali", der sich mit dem Schwangerschaftsabbruch auseinander setzt, aus dem Programm nehmen müssen. „Mich", sagt Karl, „kriegen die nicht klein."

Er kann dann ganz schön angriffslustig dreinschauen, und zumindest in der Familie wagt es dann niemand, zu widersprechen. Das hätte auch keinen Sinn.

Die Aufklärungsfilme und später die Softsexfilmchen der Schulmädchen-Report-Reihe finden ihr Publikum ebenso wie die besonderen Filme am Donnerstag. Dann kommen die Cineasten bei „Der Pate" von Francis Ford Coppola oder „Cabaret" von Bob Fosse oder „Unheimliche Begegnung der dritten Art" von Steven Spielberg auf ihre Kosten.

Trotz einträglicher Leinwand-Hauereien mit Bud Spencer und Terence Hill bei „Vier Fäuste für ein Halleluja" und des im Kino unsterblichen James Bond gehen die Besucherzahlen langsam, aber stetig zurück.

Das Kino an der Brückenstraße ist nicht mehr das zweite Wohnzimmer der Gocher – zumindest nicht mehr an jedem Wochentag.

23

DAS FERNSEHEN KOMMT – INS KINDERZIMMER

Tatsächlich bekommt Karl nun auch einen Fernseher. Der größte Konkurrent des Kinos zieht in die eigene Wohnung ein – aber nur ins Kinderzimmer. Das Kino verliert an Attraktivität, Karl versinkt manchmal in eine tiefe Müdigkeit. Als ihn ein Herzinfarkt ereilt, verpachtet er das Kino, das nun ausgerechnet der Schwiegersohn des langjährigen Konkurrenten durch den endgültigen Niedergang führt. Karl und das Kino scheinen zur gleichen Zeit zu sterben. Aber ein Verein erweckt es wieder zum Leben – 100 Jahre nach der Gründung.

Das Fernsehen hat endgültig seinen Siegeszug angetreten, und Karl hat sich gründlich getäuscht über dessen Attraktivität. Das Fernsehen bringt nicht nur Nachrichten oder Sportübertragungen, es zeigt auch Filme. Und die Bilder, das muss Karl einräumen, sind viel besser geworden, sie flimmern auch viel weniger.

In den meisten Wohnzimmern stehen die TV-Geräte in der besten Ecke, im Mittelpunkt der Einrichtung. Die klobigen Holztruhen der ersten Blütezeit sind von beeindruckend großen Röhrengeräten abgelöst, die immer noch den zentralen Platz des wichtigsten Zimmers beanspruchen, und die so schwer sind, dass sie von mehreren Männern hineingewuchtet werden müssen. Karl hat sich diesem Trend aus ideologischen Gründen versagt. „Ich kann mir doch nicht die Konkurrenz ins eigene Wohnzimmer stellen", sagt er, „schlimm genug, dass so ein Klotz auch bei den Schwiegereltern steht."

Die Tante Else hat das Gerät angeschafft, ihre Großneffen schauen mit ihr „Basteln mit Fräulein Erika", Karls Schwiegervater mit Karls Schwager die Sportschau am Samstag und Karls Schwiegermutter am Abend des ersten Weihnachtstags „Die lustige Welt der Tiere", in dem sich Tiere an vergorenen Früchten berauschen. Die ganze Familie schlägt sich lachend auf die Schenkel, nur Karl guckt säuerlich. „Den Film hatten wir auch mal im Programm", sagt er. Das Fernsehen hat ihn nun für sich mit Beschlag belegt.

In seinem Wohnzimmer steht immer noch nur die Musiktruhe, die einen Schallplattenspieler und ein monströses Radio beherbergt. Das reicht ihm an medialer Lebensbegleitung. Vorerst. Aber nicht mehr lange. Es kommt tatsächlich der Tag, an dem auch in den Haushalt von Karl und Irmi ein Fernseher einzieht. Ins Wohnzimmer kommt er allerdings nicht – so viel Zugeständnis an den inneren Wertekanon muss dann doch sein.

Das Gerät steht nun im ehemaligen Kinderzimmer, das die Söhne nur noch als gelegentliche Wochenend-Besucher benutzen. In der Woche schauen Karl und Irmi die Nachrichten, Reportagen und manchmal politische Debatten, bei denen Karl ordentlich mitdiskutiert.

Und bei seiner offenkundigen Zuneigung zu SPD-Politikern wie Helmut Schmidt („der einzig wahre Bundeskanzler") glüht dann so etwas wie ein bürgerlich-proletarischer Funke, von dem er selbst nicht weiß, wo der herkommt.

Wahrscheinlich ist es ein genetisches Andenken an die Familien-Herkunft aus den tiefen Gruben des Bergwerks in Essen.

Filme sieht er sich erst wieder im Fernsehen an, als es gar nicht mehr anders geht.

Diese Zeit kommt schneller, als er gedacht hat. Denn dem Kino geht es zunehmend schlecht und ihm selbst auch. Die Selbstverständlichkeit, mit der halb Goch mindestens einmal in der Woche ins Goli kommt, gibt es nicht mehr. An manchen Tagen spielt Karl Skoetsch den Film am Abend, obwohl sich nur ein Dutzend Zuschauer im Saal verliert. Der Verleih erstattet dann die Kosten der Vorführung.

Karl ist nun oft müde und ohne Antrieb. Wo ihn früher eine manische Kraft anfeuerte, ist jetzt eine flache Enttäuschung wie ein nebliger Herbst-Nachmittag über den Feldern. Weder das Glas Wein noch die Pall-Mall-Zigarette schmeckt. Und er spricht nicht mehr viel. Irmi macht sich Sorgen, und aus Sorge schimpft sie mit ihm.

„Krieg mal endlich den Hintern hoch, das kann man ja nicht mit ansehen."

Sie erzählt nicht mal ihrer besten Freundin davon, wie besorgt sie ist.

An einem trüben Tag im November trifft ihren Mann der Schlag. Zum Glück ist der Krankenwagen schnell zur Stelle. Herzinfarkt und Schlaganfall lautet die Diagnose. Der Arzt verbietet Alkohol und Zigaretten, er verordnet Sport.

Karl gehorcht mit knirschenden Zähnen. Sogar zur Koronar-Sportgruppe geht er zweimal in der Woche in die Turnhalle der Arnold-Janssen-Schule. Dort geht er zügig im Kreis, wackelt bei der Gymnastik mit den Knien und wirft sich mit anderen Patienten schlappe Gummibälle zu.

Er nimmt ab und sieht manchmal ganz gesund aus, aber das täuscht, und Spaß macht es ihm ohnehin nicht.

Der Arzt findet auch, dass Karl es bei der Arbeit langsamer angehen lassen soll. „Wie soll das denn gehen?", fragt Karl, „soll ich nur noch halbe Filme zeigen oder nur am Wochenende?"

Er weiß jedoch selbst, dass es darum gar nicht geht. Es geht ums Geschäft an sich. Ein schrecklicher Gedanke, der ihn erneut für Tage, für Wochen in trübes Grübeln versinken lässt.

Die Entscheidung hat er freilich längst gefällt. „Irmi", sagt er, „wir verpachten das Kino." Verkaufen kommt für ihn nicht in Frage. „So lange ich lebe, will ich wenigstens ein bisschen zu sagen haben."

Das begeistert die ersten Interessenten natürlich nicht. In der Branche kennt jeder jeden, deshalb weiß auch jeder, dass Karl nicht nur äußerst penibel, sondern auch ziemlich eigensinnig ist. Die Verhandlungen scheitern deshalb zunächst an seinen sehr genauen Vorstellungen, was Pächtern erlaubt sein soll und was nicht.

Schließlich verlässt ihn die Geduld, und er macht Zugeständnisse. Das vielleicht größte: Er verpachtet das Goli dem Schwiegersohn des langjährigen Konkurrenten in der Stadt. Der Schwiegersohn hat die Lichtburg übernommen, jetzt sitzt er abends an der Kasse des Goli.

Karl lässt sich davon nur berichten. Seine Abende verbringt er jetzt meist schweigend vor dem Fernsehapparat, während im Vorführraum eine Etage über ihm „Susan, verzweifelt gesucht" mit der Popsängerin Madonna aufgespult wird. Davon will er nichts wissen, es ist nicht seine Welt. Nicht mehr.

Der Trübsinn verflüchtigt sich nur auf Mallorca. Ihrer Ferieninsel bleiben Karl und Irmi treu. Das Abendlicht auf dem Mittelmeer verzaubert Karl immer noch, der Blick ins klare, blaue Wasser verscheucht traurige Grübeleien. Dann denkt er wieder: „Du hast doch was geschafft."

Und er bemerkt lieber nicht, dass sich die Insel verändert hat.

Cala Ratjada, sein Lieblingsort mit dem kleinen Hafen, ist schon lange kein vornehmes Reiseziel mehr. Karls bevorzugtes Hotel wird von Urlaubern bevölkert, die preisgünstige Angebote wahrgenommen haben. Karl glaubt immer noch, dass er hier zu einer Elite der Begüterten gehört wie in den 1960ern. Irmi redet es ihm nicht aus. Drei Wochen zuckelt er durch ein kleines Glück, das aus der Erinnerung und dem besonderen Licht des Mittelmeers zusammengebaut ist, und ein Lächeln zeugt davon.

Am Niederrhein mit seinen düsteren Herbsttagen und den ermüdenden Tagesabläufen, die kein rechtes Ziel mehr haben, seit am Abend andere die Kinotüren öffnen und die Kasse besetzen, lächelt Karl nur selten.

Seine Stimmungsschwankungen machen ihm ebenso zu schaffen wie sein schwaches Herz, das sich auch durch die Besuche in der Koronar-Sportgruppe nicht so recht kurieren lässt. Manchmal liegt er nachts wach, lauscht auf den Stolperrhythmus seines Herzschlags und hat Angst vor dem, was werden soll.

Wenn es ihm ganz schlecht geht, dann steht er in der Nacht auf, wischt sich den Schweiß von der Stirn und blättert in seinen Bankauszügen. Das beruhigt zwar nicht sein Herz, aber es überzeugt seinen Verstand davon, etwas geleistet zu haben. Das steht schließlich da – schwarz auf weiß.

Ob sein Vater stolz auf ihn wäre? Vielleicht würde er ihm vorhalten, das Kino, das Familienerbe losgelassen zu haben, vielleicht würde er ihm die ganze Krise des Geschäfts vorwerfen. Vielleicht würde er sagen: „Ihr habt nicht mehr an den Zauber gedacht, nur an den Zaster. Das konnte ja nicht gut gehen."

An Schlaf ist in solchen Nächten nicht zu denken.

Der geschäftliche Niedergang setzt sich derweil fort. Das Kleinstadt-Kino an sich liegt in den letzten Zügen. Karl hört mit Grausen, dass sein Pächter in der Kassenhalle der alten Lichtburg einen Video-Verleih eröffnet hat – in Skoetschs Augen die letztgültige Bankrotterklärung vor dem Zeitgeist.

Mitte der 1990er Jahre endet der Pachtvertrag fürs Goli, gut 80 Jahre nach der Eröffnung scheint es das Ende der Geschichte zu sein.

Karls ohnehin angeschlagener Gesundheit gibt es den Rest. Er stirbt ein halbes Jahr nach der letzten Vorführung.

Das Goli steht nun leer, aber der Traum von einem Filmtheater in der kleinen Stadt lebt ganz offensichtlich weiter. Die Filmstiftung NRW verspricht einen tüchtigen Zuschuss zur Renovierung des Hauses, aber die Pläne einer Gruppe

von Gochern scheitern – letzten Endes an den Brandschutz-
bestimmungen.

Die filmbegeisterten Kleinstädter lassen sich davon nur
vorübergehend entmutigen. Die Initiative „Ab in die Mitte"
belebt das Kino noch einmal mit der Verleihung des
„Go'scar" für handgemachte Filme über Goch, die im Goli
gezeigt werden.

Mit der alten Pracht hat das natürlich wenig zu tun.
Schließlich finden Karls Erben doch noch einen Interessenten, der das Kino als echtes Filmtheater wieder betreiben
will. Die Gocher sind so begeistert, dass viele von ihnen eh-
renamtlich bei der Renovierung des Saals helfen oder Geld
spenden. Nach nicht einmal zwei Jahren verschwindet der
Investor allerdings spurlos.

Das ist immer noch nicht das Ende.

Denn es entsteht 100 Jahre nach der Gründung des Kinos
ein Verein, der das Goli wieder zum Leben erweckt. Er zeigt
bedeutende Filme wie „Die Feuerzangenbowle" oder „Das
Leben des Brian" mit einem Rahmenprogramm.

Der Goliverein bringt auch die „Rocky Horror Picture
Show" samt Publikumsbeteiligung mit Konfettiregen, Reis-
werfen, Tröten und Party-Hütchen nach Goch. Bei Karl Skoetsch hätte es das nicht gegeben. „Das kommt mir nicht ins
Haus, wer soll den ganzen Dreck denn jeden Abend weg-
machen?", sagte er. Vielleicht würde es ihm trotzdem gefallen, dass wieder Leben ins Theater kommt, ganz bestimmt würde es ihm gefallen. Das Goli-Theater wird nun
auch zur Bühne für Kabarett, Dichterlesungen oder Musik.
Nicht nur vorübergehend, sondern seit jetzt fast 14 Jahren.

Und wenn man am Abend, wenn es dunkel wird im Saal, aus den Augenwinkeln ganz vorsichtig in die Loge schaut, dann sieht man oben auf dem einen Platz neben den Doppelsitzen einen kleinen Mann mit spitzer Nase sitzen, der sehr vergnügt in sich hinein lächelt.

Er sieht ganz so aus wie Otto Skoetsch, der Schreiner aus Essen, der in Amerika den Film entdeckte und das Kino nach Goch brachte.

Man darf nur nicht so genau hinschauen.

DANK

Ohne die Rückkehr ins Goli-Theater nach Goch zu Lesungen wäre das Buch nicht entstanden. Deswegen gilt dem Goli-Verein der erste Dank, er gab den Anstoß. Bei den Recherchen in der Familie des Gründers war mein Vetter Wolfgang Skötsch eine große Hilfe, er hat mich mit zahlreichen Details versorgt. Bei den technischen Abläufen ist mir mein Bruder Ulli Peters zur Seite gesprungen, der zehn Jahre lang Filme vorgeführt hat im Goli und der darüber ein Cineast wurde wie sein Großonkel Otto, den er nicht mehr gekannt hat. Hinweise zur Gocher Geschichte verdanke ich in reichem Maß der Arbeit des ehemaligen Gocher Stadtarchivars Hans-Joachim Koepp, insbesondere dem Band I „Trinkfreudige Gocher", Geschichte des Vergnügens, Alkohols und der Gaststätten. Zeitgenössische Begleitung der Film- und Kinogeschichte habe ich Auszügen der Zeitschrift „Der Kinematograph" (1907 bis 1935) entnommen. Viele Erinnerungen sind Teil meiner eigenen Familiengeschichte, die mein Vetter und meine Brüder Ulli und Franz lebendig halten. Erinnerungslücken hat die großartige Ausstellung im Berliner Museum für Kino und Fernsehen, Deutsche Kinemathek geschlossen.

August 2024